異世界に
転移したら山の中だった。
反動で強さよりも快適さを選びました。
3

主な登場人物
ジーン
姉の勇者召喚に巻き込まれ、異世界に転移した大学生。物を作るのが大好きで、手を抜かない性格。人に束縛されるのは嫌だが、世話好きな一面もある。
パウディル=ノート
アーデルハイド家に仕える、アッシュの執事。人当たりはよいが、実は腹黒い性格。
アッシュ/アーデルハイド・ル・レオラ(レオン)
アーデルハイド家の長女で、冒険者ギルド所属。一見すると男性に間違われるが、一応女性。寡黙で律儀、ちょっとずれている天然系。
大福(ホワイル)
猫の精霊。防御結界を張ることができる。

アウロとキール
双子と思えるほど容姿が似ている二人。微笑んだ表情とおしゃべりが特徴のアウロ(金)、ポーカーフェイスなキール(銀)。
ディノッソ
ジーンが最初に暮らした自宅の近くに住んでいる農家。家族ぐるみでの付き合いをしている。
シヴァ
ディノッソの妻。明るい性格の元貴族令嬢。

Contents

異世界に転移したら山の中だった。反動で強さよりも快適さを選びました。3

じゃがバター

イラスト
岩崎美奈子

1章　遠方より友来る

朝のリシュとの散歩。

山の中を歩いて、木々の様子を見る。枝が混み合ってるところは、『斬全剣《ざんぜんけん》』で切り倒す。切り倒したものは【収納】して、日当たりのいい場所に積み上げておいて乾かす。だいぶいい感じの森になってきた気がするけどどうだろう？　歩いていてアップダウンが楽しいし、籠《かご》編み用の蔦《つた》とか、虫瘤《むしこぶ》とか、野生の果物を収穫するのも楽しい。俺がカヌムの森から移植したベリーとか、薬草、食べられる野草の類も増えてきた。

昼前まで家畜の世話と畑の手入れ。家畜はディノッソ家から連れてきたやつらだ。半分放牧状態なので、こっちも手間はあまりかからない。野菜を食べてしまわないよう気をつけつつ、除草して欲しい場所に連れてゆくといい感じ。特に山羊《やぎ》は急斜面もお手のもので活躍中。時々、気が向いたらブラシをかけてやる。美味《おい》しくおなり。

昼を食べたらカヌムの家の改造、夕方は森の奥で黒精霊を捕まえ、夜は家で名付け。雨が降ったら図書館に籠《こ》もる。

3日にいっぺんくらいアッシュとお茶か食事をして、2週間にいっぺんディーンやレッツェたちと酒を飲む。

まだ森の聖地は手つかずだけれど、ローザたち金ランクパーティーの主要メンバーは城塞《じょうさい》都市に移動したので、森での採取やら熊狩り活動を再開した。


そんなのんびりしてるんだか、忙しいんだかわからない生活を送っていると、カヌムの家の扉が叩《たた》かれた。

「こんにちは、人の紹介で訪ねてきたんだが……」

「やあ」

扉を開けたら、家を捨てて旅立ったディノッソたち。精霊からの連絡がないままだったので無事だろうなとは思っていたけど、やっぱり姿を見ると安心する。

「ちょっ……、おまっ！」

笑顔で挨拶《あいさつ》したら、なぜか口を押さえられて家に引きずり込まれた。子供たちが3人、びっくり顔でこっちを見ている。

「って、違う！　シヴァ！」

間違えたのか。なんで俺が襲われるんだろうかと思った。

「はい、あなた。──口を開いちゃダメよ？　さ、とりあえずお邪魔させてもらいましょう」

シヴァが俺から子供たちに視線を移動させて言う。

む、塞《ふさ》ぐ口を間違えたのか。子供たちが何を言うかわからないから？

「はーーーーーーっ」

全員が家に入り、シヴァが扉を閉めたところでディノッソが座り込み、盛大なため息をつく。

「ジーン！」

「ジーン！　なんで？」

「ジーン！　どうやって来たの⁉」

シヴァが子供たちの肩にかけた手を離すと、３人が一斉に抱きついてくる。

「お前、ちょっとは隠せよ……」

疲れた顔でディノッソが言う。

「いや、移動はもうバレてると思ったし。こっちで人に聞かれたら即バレだし」

「ああもう！　――ここはお前の家か？」

「うん、一応？」

笑顔でぐりぐりと頭をくっつけてくる、子供たち3人を撫《な》でつつ答える。

人の体温を感じるような接触は久しぶりだ。というか抱きつかれた記憶も、抱きついた記憶もほぼない。ずいぶん前に祖母にしがみついた覚えがあるが、あとはこの一家だけだな。――

酔っ払いのディーンは除くけど！

「一応って、お前なあ……。隠せって言ってるのに」

「親しい人には、隠してるのが面倒になってくるんだよな」

「あ～……」

「はい、はい。ジーンがここに来たのはいつ？　私たちは、何年前に会ったことにすればいいのかしら？」

シヴァがニコニコと聞いてくる。

「えーと、来たのは去年の秋頃？　いや、夏だったっけかな？」

こちらの世界に来たばかりはあちこち転移で見るだけ見て回ったので、季節感がですね……。島は初冬に入る頃だったけど、家に転移されて季節が戻った覚えがある。

「じゃあ、1年以上前に会ったことにすればいいわね。ティナ、エン、バク、ジーンにいつ頃会ったのか聞かれたら、ずいぶん前とか、ちょっと前とか言うのよ？　はっきり言っちゃダメ」

「はーい」

「はい！」

「おう！」

シヴァが子供たちに言い聞かせると、元気な返事が上がった。……お手数おかけいたします。

「よし。飯は？」

「食った」

「残念ね。ジーンがいるのがわかってたら、食べてこなかったわ」

短く答えるディノッソと、頬に手を当てて残念そうに言うシヴァ。まあ、人の家を訪ねるのに空腹で来ないよな。

「食べる！」

「バク、入るの？」

食べると言い切るバクに、エンが驚く。

「ジーンのなら入る！」

「私も一口食べたい！」

言い切るバクに、ティナも乗る。

「え、じゃあ俺も」

ディノッソ、子供に乗るのはどうなんだ？

「じゃあ一口サイズの作るか。荷物は？」

「馬と一緒に宿屋」

馬も健在なようで何より――いや、違う馬だったりして。

「ずっと宿屋暮らしするのか？」

「いや、1年契約くらいで借家の予定。子供もいるしな」

きゃあきゃあと喜ぶ子供たちをシヴァに任せて、ディノッソと会話。

「じゃあ、ちょっと隣見てみないか？」

「隣？」

「うん、条件つきの借家。ディノッソの希望の借家が見つかるまででもいいけど、宿屋よりは過ごしやすいんじゃないか？　俺が飯作ってる間に、ちょっと覗《のぞ》いてみてくれ」

そう言って、台所にある裏口から通りに出て案内する。

「お隣さん！」

「お隣～」

「お隣なら結婚してもずっと一緒ね！」

俺のあとをついてくるディノッソ、子供たち、そのあとを笑顔でついてくる奥さん。

「鍵これな」

レトロなでかい鍵。日本のあの薄い鍵と違って、立体的でかさばるのだが、なんかちょっと浪漫を感じて嫌いじゃない。

「鍵持ってんのかよ」

「俺の持ち家だもん」

「大家かよ！」

はっはっはっ！

「ここ、カヌムの中では魔の森に近いし、1回防壁を崩されたことがあるらしいから。周囲に子供がいる家族は見ない。それも考慮に入れてくれ」

「あいよ」

俺は台所に戻って軽食の用意。俺がいなければ、家族でいいところも悪いところもわいわいと言い合うだろう。

さて、何を作ろうかな？　あんまり時間がないし、簡単に。

まず小さなパイを数種。パイ生地は作り置きのものだ。生地を四角く切って、こちらも主に作り置きの具材を載《の》せるか巻くかだけの手抜き。パン焼き窯《がま》に突っ込んで準備完了。

あとは、ピンチョス作るか。適当に串刺しにして、ピンチョスだと言い張ってもバレまい。トマトとモッツァレラを交互に串に刺して、塩とオリーブオイルをかけたもの。瓶詰《びんづ》めのマリネを取り出して、それを刺したもの。タコとパプリカのマリネと、牡蠣《かき》のマリネ。マリネは色々な種類の瓶詰めを作ってあるのだ。

せっせと刺していたら、ディノッソたちが戻ってきた。

「おい、なんか隣すげぇんだけど」

「そうか？」

「しばらく田舎に引っ込んでる間に、家も家具もよくなっててびっくりしたわ」

ニコニコしているシヴァ。

「いや、あれ宿屋と比べ……」

「お部屋かわいいの！」

「2個重なったベッド！」

「僕、高いほう！」

ディノッソが何か言いかけたが、ティナと双子の声にかき消される。

ティナの部屋は、ベッドにピンク基調のパッチワークカバーをかけといただけなのだが、好評の様子。双子はいきなり別の部屋じゃ寂しいかと思って、2段ベッドにしてみた。ベッドは分けられるので1人1部屋に変えても大丈夫。

「よし、できた。隣に住まなくても、ベッドと布団は持ってってっていいぞ」

木の皿に盛ったピンチョスを持って、パン焼き窯と机のある部屋に移動。

「わーい！　ジーンのごはん！」

「相変わらず美味しそうだわ」

子供たちがわいわいと運ぶのを手伝ってくれる。

「ディノッソ、そこから下りると倉庫だから、好きな酒持ってきて」

「おう！」

納得いかない感じだったディノッソが、酒という言葉に表情を変える。

薪《たきぎ》が積んであるそばの丸い輪を持ち上げると、90センチ四方くらいの床が開き、階段が現れる。持ち上げた丸い輪を薪を止める柵《さく》に引っ掛けると、開けておける仕組みだ。

「はい、蝋燭《ろうそく》。みんなは、そこからカップ選んで」

蝋燭を受け取って、るんるんと階段を下りてゆくディノッソ。子供たちが指差すカップをシヴァが棚から下ろし、見せては戻すを繰り返す。

俺も棚から適当な皿を取り出し、窯から出したパイを載せる。この部屋は玄関を入ってすぐの部屋で、壁の上の方の棚には食器が飾ってある。下は工具とかだけど。

暖炉《だんろ》と窯がこっちにあるせいで、半分台所なんだよな。わいわいと楽しそうに選んでいる横で、お茶の準備が完了してしまった。

「はいはい、お茶の人はカップ持ってきて」

「じゃあ僕これ！」

「僕はこれ！」

「んーっ！　ピンク！」

「ふふ。ありがとう、これも私たちのために準備してくれてたんでしょう？」

エンが選んだのは薄い青緑、バクが選んだのはエンより少しだけ濃い色。２人の髪の色のカップ。ティナが選んだのは、双子と同じ形と模様のピンク色、シヴァが持っているのは、大きさだけ違う、やっぱり子供たちと同じ形と模様のカップだ。

気を遣ってくれたのかもしれないが、思惑通りのカップを選んでくれた。

「ディノッソのカップは大きすぎるかしら？　これでお酒は飲ませられないわね」

シヴァはディノッソの分も持ってきたが、ちょっと首を傾《かし》げている。

「酒用は別に選んでもらっていいよ」

お茶を注ぎながら言う。ディノッソの飲酒量については、奥さんに逆らいませんよ！

「いい匂いがする〜」

「甘い匂いも！」

「お父さんこない！」

子供たちが、焼き上がったパイをチラチラ気にしながら言う。

「おう、待たせた」

赤ワインの壺《つぼ》を抱えて帰ってきたディノッソ。

「よし、じゃあいただこうか」

短い精霊への祈りのあと、ディノッソの合図で食べ始める一家。

「甘〜い」

リンゴのコンポートを載せた、小さなオープンタルトに齧《かじ》りついたティナが、満面の笑みを浮かべる。

「熱い！　溢《こぼ》れる！　これ美味しい！」

海老《えび》グラタンのパイを食べるバク。ホワイトソースがパイからこぼれ出している。

「美味しい。伸びる！」

エンはソーセージとチーズを包んだもの。やっぱり子供たちは、温かいものからだったか。

ディノッソとシヴァは、仲良くワインを飲みながらピンチョスを摘《つま》んでいる。

「おしゃれだし、食べやすいわ」

「美味《うま》い！　美味いけど隠せよ、本当！」

ああ、うん。トマトとかモッツアレラとか茄子《なす》とかね。

「奥さんの料理美味しいから、俺は珍しい材料と甘いもので対抗するしかない」

「あら、ありがとう。私もジーンの料理、大好きよ」

いや、本当にシヴァの料理は不思議なくらい美味しい。優しい味で温かい。

「そういや、条件つきつぅのは、屋根裏のあれか？」

「うん。よくわかったな」

「ふふん。俺が若い頃に潜ってた廃城《はいじょう》のダンジョン、あんなのばっかりよ」

得意げに笑ってウィンクしてくるディノッツォ。

「見つけたのはお母さん」

ティナから暴露が来た。……奥さんの方が冒険者としても強い疑惑。

「で？　あの抜け穴が条件か？」

仕切り直しでディノッツォが聞いてくる。

「ああ。後ろの家に住んでるのも訳ありで、いざという時の逃走経路として、お互いの抜け道に使えないかなと。でもすぐバレるようなら少し改良したいな」

見つかるまでもう少し時間を稼げるようにしたい。

「いや、よくできてると思うけどよ」

「後ろっていうと、ここに入る路地にある家よね？　ジーンのお友達？」

シヴァが、食べこぼしているバクの口を拭《ふ》きながら聞いてくる。

「今いるかな？　ちょっと待ってて」

多分だが、アッシュたちは朝一で熊狩りに出かけている。

アッシュたちにとって、熊は狩るのはすぐだけど、出る場所まで行って探す時間が長い。戻りは熊がすぐ見つかるか見つからないかに左右され、運がよければこの時間に戻っている。

アッシュの家の裏口をコンコンと叩く。

「ジーン様」

執事がすぐ顔を出す。

「すまん、時間はあるか？　例の家族が到着して、今いるんだが」

「アッシュ様を呼んでまいります」

運よく戻ったところらしく、顔合わせを頼むと、２人ともすぐ家に来てくれた。

「げっ！　影狼《かげおおかみ》！」

執事が部屋に入った途端《とたん》、ディノッソが仰《の》け反《ぞ》って声を上げる。

「おや、懐かしい呼び名ですな」

笑顔の執事が大変胡散臭《うさんくさ》い。

「ノート、知り合いか？」

「はい、アッシュ様がお生まれになる前に少々……」

右手を肩に当てて、アッシュに浅い会釈《えしゃく》をする執事。

えーと、ディノッソ30歳くらいだっけ？　ノートが70前後として、いつの知り合いだ？　若いうちに冒険者やってて、あとはずっと執事だったんじゃないのか？

「隣国と一時不安定になった時、先代様の命で一時的に冒険者に戻っておりました。その頃の呼び名にございます。ディノッソ様には、駆け出しの頃に一度お会いしたかと」

「私の専属執事になる前は、ずっと家令《かれい》だったのだと思っていた」

うん、アッシュの言う通り、執事は執事な気がしてた。だって隙《すき》がない執事ルックなんだもん。

「高齢でしたが、まだ父が現役でしたので。離れている間に息子は三文安《さんもんやす》に育ったようですが……」

こう、息子を突き放しているというか、微妙にどうでもいい感がそこはかとなく。アッシュの方が娘っぽいのかな？

「公爵家の家令に納まったあんたに、その後こき使われた記憶の方が強いっつーの！」

ディノッソが嫌そうな顔をしている。

「その節はお世話になりました。国外のことはなかなか行き届きませぬので」

ディノッソに、にこやかに感謝を伝える執事。

なんか絶対それで済むようなことじゃない気配がひしひしと。駆け出しの頃に恥ずかしい弱みでも握られたんだろうか。あと、公爵家の執事——家令って、国外のあれやこれやもするの？

シヴァはスルーということは、アッシュの国の元貴族ってわけじゃないのかな？　執事は国内の貴族を全部覚えてる気がするし。俺の独断と偏見による印象だが。

貴族の令嬢になんてどうやって出会ったんだろう、ディノッソ。いや、――井戸端に座ってた公爵令嬢がいたなそういえば。

「アッシュ様、こちらは王狼《おうろう》のバルモア。しばし姿を消していたようですが、名を馳《は》せた冒険者、ランクは金です」

金なのはともかく、王狼のバルモアってなんだ、王狼って。オオカミ狩りばっかりしてたのか？　俺が頑張って熊じゃなく狼《おおかみ》を狩っても、なんか狼は北の冒険者で……、とか言われて、あだ名が熊から変わらなかったんだが、お前らのせいか？

「あ～。こいつがついてるってことは、あの嬢ちゃんか。あの公爵、本当にやったんだな」

む。ディノッソ、アッシュのことも知ってるのか。そして父親が、精霊でアッシュを男らしく変えたことも知ってる気配。止めろよ！

「……ジーンもなんか聞きたいことがありそうだな？　言ってみな」

視線が合った俺に、ため息をつくようにディノッソが言う。

「ディノッソとバルモア、どっちが姓でどっちが名だ？」

「そこかよ」

だって、こっちは国によって姓名の順番が違うし、父母それぞれの名前を入れてすごく長いとこもあるし、本名は隠して通名で通すところもあるし、陸続きのくせにバラバラなのだ。

「バルモアは自分でつけた、親につけられた名前は覚えてねぇ。ディノッソはシヴァがつけてくれたから、今はこれが名前」

「なるほど」

俺も今はジーンだしな。神々が適当につけたこっち風の自由騎士としての長い名前もあるんだが、使ってないというか覚えていない。

「で？　どうする？　住む？」

「ちょっと裏の家の住人が面倒だが、あの家ん中見せられたら住むだろ」

ちらっとシヴァを見てから答えるディノッソ。

執事がいるお陰で、逃走経路が必要になる面倒ごとの内容を察したっぽい、ディノッソとシヴァ。話が早くて助かるけど。

「よろしく頼む」

「こちらこそ」

アッシュとディノッソが握手をして決定した。

「わーい！　ジーンのお隣！」

「隣さん！」

「よろしく～」

今まで大人しくしていた子供たちがはしゃぎ始める。

次々に自己紹介をして、アッシュと執事に挨拶をする。アッシュが戸惑って怖い顔になっているが、子供たちは気にしない様子。強い。

アッシュが女性だとわかっている人が増えたのはいいことかな？　気の抜ける相手が増えたってことだから。いや、でも俺の前でもレッツェたちの前でも、態度はほとんど変わらないな……。素《す》か、素で行動が男らしいのか！


「で、これがなんで隠し扉だって気づいた？」

子供たちを置いて屋根裏部屋へ。隠し扉改良のため、まずはバレた理由の聞き取り調査。

「風の流れについていって、あとは音。空洞だと音がどうしても違うのよね」

棚の背板を叩いてみせるシヴァ。後ろに石壁がある他と違って、軽い音がする。

「他の家なら隙間だらけで気づかなかっただろうが、この家は隙間らしい隙間がないしな。風が吹いてりゃなんでってなるだろ？」

「ああ。窓をつけたからか」

採光と閉塞感の払拭《ふっしょく》のため、自分の家と、こっちの家の屋根に窓をつけた。このあたりではガラスが嵌《は》まった窓を見ないので、周囲に倣《なら》って鎧戸《よろいど》だけ。今も、明かり取りのために開けてある窓から風が入ってきて、かすかに棚の背板を震わせている。

「風はこちらの家の隙間を塞げば問題ないかと」

執事が言う。アッシュの家は風呂場は俺が作ったけど、他は業者が手を入れただけで、屋根裏は多分買った時のまま隙間だらけ。そりゃ他に抜ける場所がなければ隣に風が行くわな。

「あとは音か」

隠し戸を開いて、ぽっかり開いた穴を見る。穴を塞いだら出入りできないし、木の板を厚くしたところで問題の解決にはならないよな。穴の前に座り込んで頭を捻《ひね》る。

「う〜ん。通る時以外は、普通の壁のフリをお願いします」

解決策が思い浮かばず、石に宿る精霊と家にたむろしている精霊に頼ることにした。

見る間に塞がる穴。あれ、音だけじゃなく、外見も穴が石壁になったんだが。俺の頼み方が悪かった――いやよかったのか？

「ちょっ……っ！　お前はまたそういうことを人前で！！！　ノート！　どういう教育してるんだ!?」

「……責任の範囲外でございます」

ディノッソの声に、驚いて固まっていたノートが、硬直を解いて会釈する。

「で？　お前は隠す気があるのか？」

「あります、あります」

ディノッソがどっかり床に座って聞いてくるのに答える。抜け穴を見て屈《かが》んだままだったので、俺もそのまま向かい合って胡坐《あぐら》を組む。

「行動が伴っておられないように見受けられます」

立ったままの執事からダメ出しが来た。

「あなた、私は心配だから子供たちのところに戻ってるわ。あとで教えてちょうだいね」

シヴァがディノッソの肩に手を置いて言い、俺の方に微笑みかけ部屋から出てゆく。知らない家で子供3人の留守番、長時間は確かに心配だ。

「ジーン、ジーンは何を誰から隠したいのだ？」

アッシュが怖い顔で聞いてくる。そして俺とディノッソの真似をして胡坐。ちらちら見ながら微調整しなくていいから。楽な姿勢で座っていいから！

「面倒な相手から、目をつけられそうな能力を」

究極は姉から俺の存在を、だが。俺の姿自体も変わってるし、ちょっと遭《あ》ったくらいじゃ思い浮かびもしないだろうし、そもそもまずこっちに俺がいるとは思っていないだろう。

神々があの玉に言い含めてくれたのもあるが、速攻で縁を切った。あの玉は悪気なく約束を破りそうで信用ならん。

あの玉より神々が強いうちは、【縁切】が効いている。玉には、勇者3人――4人だっけ？――から力が流れ込む。4対1か、頑張らないと。俺が有利な点は、日常生活を送っているだけでも能力を使って神々に力が流れ込むところと、精霊の系統が限定されないことかな。

「ふむ。私たちには、バレてもいいと判断してもらえたということだろうか。礼を言うが、知る人間が多くなると、情報が漏《も》れやすくなるのではないかね？」

ますます怖い顔のアッシュ。喜んでるのか、怒ってるのか、胡坐のバランスが取れないのか、どれだ。

「伝聞ではすぐ忘れられる。直接見ている間はともかく、言葉を交わさなければ記憶されない――という便利な体質なんだ」

正しくは忘れられる、記憶されないというよりは、執着や注目ができない感じだろうか。書類は通るからたぶん。

「なるほど。それで絡まれると無言で殴《なぐ》り倒しているのだな」

それは大半が喋《しゃべ》るのが面倒だからです。納得してるようなので、否定しないけど。

「いや、どういう体質だよ」

半眼《はんがん》のディノッソ。

「それで商業ギルドで、ジーン様の話題が出ないのですね。噂《うわさ》に上るのが、薬の製造を手伝っただけの私とアッシュ様だけでしたので、不思議でございました」

納得する執事。

「便利だとは思うのだが、それでは、ジーンの得るべき名声が得られないのではないか？」

「書類通りに収入が入ってくればどうでもいいぞ」

「代わりに私たちが名を得ているようで心苦しい」

アッシュの様子では、感謝されるたび律儀に訂正していそうだ。

「むしろ面倒を押しつけてるな。すまん」

「いや、そういうわけでは……」

お偉いさんからの特別扱いとか、騒がれるのはいらんとです。対応してくれる窓口の人が親切になったのは嬉《うれ》しいけど。

「色々脇が甘い自覚はあるから、集団行動には最初から参加しないことにしている」

「身体能力がおかしいのは、最初から丸わかりだったけどよ。その割に精霊が不自然なほど寄っていかなくて、な」

「ディノッソ、見える人か」

「ここにいる全員見えるんじゃね？」

執事も見えることをアッシュに話しているようだし、オープンでいいのかな？　あと奥さんも見えそうだよな。エンはどうだろ？　見えてたら、あのリスが収納しているところを見ながら真顔だったたってことだよな……。

「俺の周り、見える人多すぎじゃね？」

「引っかかるところはそこなのかよ。見える見えねぇじゃなくって、お父さんはなんで影狼がここにいるかが聞きたいよ……」

がっくり来ているディノッソに、執事が笑っている気配。

「カヌムって訳ありの逃亡者多そうだよな……。俺は逃げてないけど」

「お前が一番危ない気がする」

「ジーンが一番狙われるのでは？」

「ジーン様が一番気をつけられるべきかと」

３人がそれぞれ同時に何か言ってきた。

「まあ、すぐ逃げられるんだろうけど。契約してる精霊か、親しい精霊がいるなら1匹つけとけよ？　さっきも言ったけど、お前の身体能力でいない方が変だ」

ディノッソは俺の移動能力がおかしいのを知っているので、その点についてはあまり心配していない様子。

「冒険者の方々は見える方が多うございます」

執事の言う通り、冒険者の自由さは精霊に好かれるらしく、精霊がそばにいる影響で後天的に見えるようになる者が多い。もともと見える、もしくは憑《つ》いていて冒険者の仕事を選ぶ人も多いしね。

逆に冒険者をやめたら見えなくなる人もいるらしい。人に力を貸す傾向があるのは気まぐれな風の精霊や、人の野心が好きな力や破壊を象徴する火の精霊、向上心や試練を乗り越えるシチュエーションが好きな光の精霊が多いため、落ち着くと離れてしまうのだそうだ。

「うーん。いるけど、変な影響を受けたら嫌だし、あまりごちゃごちゃしたところに連れてきたくないんだが。可愛いから変な人に攫《さら》われても嫌だし、変な精霊に絡まれても嫌だし」

ずっと一緒にいるならリシュを連れてくるのが一番だが、色々心配だ。

「どんだけか弱い精霊なんだよ」

「アズは特に問題なく過ごしているが……」

「ジーン様、普通の人間は精霊を掴《つか》めませんので……」

「むう」

あとでちょっとリシュに聞いてみよう、返事はできなくても意思表示はあるかもしれない。

とりあえず越してくることが確定したので、ディノッソ一家は宿屋に荷物を取りに行った。馬を売ったり、必要なものを買い込んだりもあるが、布団があるので薪を手配できれば今日にでも移動するそうだ。執事が店の案内についてゆくことになり、両家にパンとスープを差し入れる約束をして一旦解散。

俺は何しようかな。夕食の準備にはまだ早いし、ちょっと中途半端な時間だ。森に行くには天気が悪い。人が増えたし料理の下ごしらえでもしておこうか。そうすると、パン種とパイシート、基本のスープあたりかな。魚の昆布《こぶ》締《じ》め……は、まだ出すの早いか。生物《なまもの》は抵抗ありそうだし。――肉の麹《こうじ》漬けを作っておこう。

スープを煮込むのは暖炉にずっと火が入っているせいで簡単なんだけど、コンソメスープは灰汁《あく》を延々取らなくてはいけないので手間がかかる。コンソメとオニオンスープ、野菜スープは作っておけば他のスープに応用できる。

パン種は何種類か作って丸めて発酵《はっこう》させる。クロワッサンの生地とパイ生地は、せっせと折って伸ばして、休ませて、またせっせと折って伸ばして層にする。

台所では狭いので、暖炉のある部屋での作業。

「おう、何作ってるんだ？」

「パンか？」

「パンとお菓子の素《もと》だな。今戻りか？」

声をかけてきたディーンとレッツェに答える。明かり取りのために、荷馬車用の大きな扉を開け放って作業をしているので、外から丸見えなのだ。外といっても路地の奥の家なので、アッシュたちと貸家の面子《めんつ》しか来ないけど。

「クリスはどうした？　というか、引っかき傷だらけだな？」

ディーンの顔や腕、剥《む》き出しの肌が傷だらけだ。

「レッツェとはギルドで会ったから一緒に戻っただけ。そうそう3人揃《そろ》っての依頼なんかねぇよ。引っかき傷はプルのせい」

ディーンが袋を差し出してくる。

「俺の方もピオが生《は》えてたからついでに採《と》ってきた」

そう言ってレッツェが袋を差し出す。

何かと思いながら開けたら、両方キノコだった。ピオは、カサが茶色で柄《え》が長い。ディーンに渡された方は、白っぽくって香りが強い。【鑑定】の結果、ピオは柳やポプラなどの木に生えて、しゃっきりした歯触り。プルはトゲスモモの茂みの下に生えるキノコで、香りがいい。

ディーンの引っかき傷はトゲスモモのせいのようだ。

「プルは今日のうちに食わないと香りが飛ぶのか。夕飯になんか作っとくから食いに来いよ」

「やった」

「次はリーユを採ってくるよ」

いい笑顔のディーンとレッツェ。戻ってゆく2人に、クリスも誘えよ、と声をかける。

リーユもキノコかな？　冬から春に変わりかけのこの季節、日本なら蕗《ふき》の薹《とう》やら山菜採りを始めるが、こっちの人は、季節の変わり目ごとにキノコに夢中になる。味はそうでもない気がするのだが、香りと歯ごたえを楽しむ感じ？　いや、季節を楽しんでるのか。春のキノコってぴんと来ないけど、そのうち俺も楽しみにするのかな。

キノコは3人前より随分多い。アッシュと執事、クリスの分も考えて採ってきた感じか。パイ生地を作り終え、夕食の準備にかかる。

キャベツを8つに大きく切って、コンソメスープの入った壺に入れて暖炉の壁際に。キャベツはこっちの黒っぽい深緑のキャベツじゃなくて、見慣れた黄緑色のキャベツだ。ちょっとずついろんな食材に慣れてもらおう。壺はカヌムでよくある、暖炉で煮込むための持ち手がついたものだ。あとは暖炉さんに任せておけば、いい感じのスープにしてくれるはず。

ん、もう1種類仕込んでおこうかな。塩豚を一晩漬け込んだものを取り出す。砂糖と粗挽《あらび》き黒胡椒《こしょう》をぐりぐりとすり込み、塩麹とローズマリーを追加して、さらにぐりぐりしたものだ。インゲン豆と、ぶつ切りにした塩豚を野菜スープに入れ、ニンニクと白ワインとローリエで煮込む。途中でキャベツを追加。ディーンがよく食べるし、料理は多めに作っておこう。

とりあえず、各種仕込みは終わった。夕飯時までちょっと時間があるし、家に戻ってリシュに、一緒に来るか聞いてこよう。そういうわけで家に【転移】。

家に入るとリシュが駆けてくる。足元まで来て、どこに行っていたのか確認するように、ふんふんと匂いを嗅《か》ぎ、ぺたんと座って俺を見上げる。リシュが満足するまで待って、座ったら撫でるのが戻った時にいつもする行動だ。朝も可愛いし夕方も可愛い。

「リシュ、森の外にもついてくるか？　人がいっぱいだけど」

首を傾げるリシュ。わかっていないというよりは、どうしようかな？　という感じだ。あまり人や同じ精霊を好きじゃないっぽいんだよな、聖獣《せいじゅう》もだけど。

「面倒なようだったら次回から残る方向で、試しに行ってみるか？」

スボッと足の間に顔を突っ込んできたので、了承と受け止めて再び【転移】。

カヌムに着くと、家の匂いを嗅ぎ始めるリシュ。ドア付近を念入りに嗅いでいるので、色々な人の匂いをチェックしているんだろう。満足するまで自由にさせておこう。リシュの水皿を壁のそばに用意して、夕食の準備に入る。

頭がいいから暖炉も危なくないし、安心だ。少し毛足が長い毛並みはツヤツヤだし、胸毛と腹毛はぽわぽわだ。もちろん目はぱっちり開いているし、太い手足が可愛らしい。やっぱりそばにいると嬉しい。リシュが嫌なら無理をさせる気はないけど。


「うをっ！　犬がいる」

「犬……？」

「なんという愛らしさ……っ！」

最初に来たのはディーンとレッツェ、そしてクリス。

「リシュだ。触るの禁止な」

ディーンが撫でようと手を伸ばしたら、リシュがスタッと飛びのいたので注意する。

「残念」

ディーンが手を引っ込めると、触られないとわかったのか、またリシュが近寄っていってふんふんと匂いを嗅ぐ。

「く……っ、この可愛らしい生き物に触れられないなんて……っ！」

「犬……？」

悶《もだ》えるクリスの隣で、レッツェが不審《ふしん》そうな顔で首を傾げている。

プルは刻んでオリーブオイルとニンニクで炒《いた》め、色が地味なんでイタリアンパセリを少量刻んで散らした。ニンニクはこの時期、まだ大きくなっていないけど、畑から1つ引き抜いて新しいのを使ってみた。オリーブオイルは浸《つ》かるほどたっぷり、ニンニクは少々控えめに。俺はちょっと食い慣れないというか、キノコの香りをそれほど求めてないんだけど。こっちは人が来る前に準備完了。

食材のメインはキノコなんだが、料理のメインは肉。肉は焼く時は常温――に戻すまでもなく、『食料庫』のはいつでも常温だけどね。厚さ4センチ、余分な脂《あぶら》とスジを取り除き、粗く挽いた岩塩を、表面にべったり塗りつける。扇状になるように4本の金串を刺し、暖炉に赤く熱した炭火の場所を作って、返しながら焼く。

同じ暖炉で弱火になるように壁に寄せてある、8つに切っただけのキャベツを入れたコンソメスープもそろそろいい具合だろう。

執事はパンを取りに寄るはずなので、レッツェたちにアッシュを呼んできてもらった。リシュはアッシュの匂いもふんふんとしっかり嗅いで、リシュが満足するまでアッシュは怖い顔で微動だにせずにいた。犬が苦手なのか好きなのか、どっちだか顔で判断できない！

パチパチと爆《は》ぜて塩が落ち、脂も落ちてじゅっと音と煙を立てる。その煙を肉に纏《まと》わせて香りをつける。外側はこんがり、ところどころ焦げるような焼き具合。金串でスムーズに回転させれば中の焼き具合もいい感じ。付け合わせは、蕪《かぶ》を半分に割って塩を振って焼いたものと、せっかくなのでレッツェが採ってきたピオをバターで炒めたもの。

「好きなだけ載せて食え」

薄切りにしたパンを籠に山盛りにして、プルの器に添えて出す。プルはパスタかリゾットにしようかと思ったのだが、冷めると美味しくない。あとから来る執事やディノッソたちを考えてやめた。机には3人が持ち込んだ度数の高いワインがすでに並んでいる。

「いただきます！」

「おお！　いただきます」

「いただくとも！」

「いただきます」

このキノコに興奮している地元民用に、生をスライスして追加。なんかトリュフ以外でも生で食うキノコ多いんだよな。

「はぁ～。よい香りだね！　これぞ春の香りだよ」

「いいね、今年も食べられた」

プルをたっぷり載せてパンにかぶりつくクリスとレッツェ。春を強調しているが、実は秋まで採れるキノコだ。きっと無事に冬越ししたあとというのが、ポイントなのだろう。

「ふむ、香りが素晴らしい」

アッシュもかぶりつきはしないがプルから。

「肉ぅ！　やべっ、うめぇ」

プルを傷だらけになって採ってきたくせに、ディーンは肉にかぶりついた。

肉にナイフを入れると、中もいい具合に焼けている。大きく切り取って口に運べば、旨味が口内に広がる。鼻に抜ける香りもいい。肉の脂をワインで流して、プルをたっぷり載せたパンを一口。食感はエリンギっぽい、そして強い香り。クリスとレッツェの様子を見ると、癖《くせ》になったら堪らない感じなんだろう。リシュにも塩なしの肉、こっちはだいぶレアだ。塩をしていないと焦げるしな。


「誰か来たようだぞ？」

クリスの言う通り、裏口を叩く音がする。

「ああ、執事とお隣さんだ」

「知り合いの一家来たのか？」

「今日着いた」

ディーンの問いかけに答えながら、燭台《しょくだい》を持って台所へ回る。

「どうぞ」

「お邪魔いたします」

「おう」

予想通りの2人。奥さんと姉弟は先に家に帰っている。俺が料理をしている間、隣には薪やら机やら、ディノッツォが配達を頼んだらしきものが次々に届いていた。

「客か？」

「ああ、プルっていうキノコをたくさんもらったんで一緒に夕飯にしてた。瓶詰めにしてあるからそれも持って――」

「いや、ちょっと待て。ちょっと待とうか？」

「何だ？」

いきなり俺が話すのを遮《さえぎ》って慌て出すディノッツォ。

「責任の範囲外でございます」

笑顔で言う執事。

「先に答えるんじゃねぇよ！　俺のせいか？　俺が言ったせい!?」

「私も賛同いたしましたので同罪かと。――ですが、範囲外でございます」

「うん？」

「お前は！　まさかこれ、誰かに見せてないだろうな!?」

ディノッソの指差す先は下。

「リシュならさっき、アッシュたちに紹介したとこだ」

足元では俺についてきたリシュが、ディノッソの匂いを嗅いでいる。

「お前はぁあっ！」

「アッシュ様も、お三方も大丈夫だとは思いますが……」

無駄《むだ》に力んでいるディノッソと、困惑しているっぽい執事。

「何だ？　精霊連れてろって言ったじゃないか」

「ええっ！　精霊なのかわんこ！」

「いや、ディーン。足音のしない仔犬なんかいないから」

「見えない私に見えるレベルの精霊、なのかい？」

「うむ……、そのようだ」

ディノッソが大声を上げていたせいか、食卓からこっちに来た４人。

ん？

「そうか、普段見えない奴に見えるってことは、強い精霊なのか」

リシュだけはいつでも見えるようにしていたせいで、なんか抜けてた。え、あんなに弱ってた上に仔犬なのに、リシュって強いのか！

「今⁉　気づいたの今なの？」

ディノッソが泣きそうだ。

「じゃあリシュは連れて歩くのはまずいのか」

「大変目立たれるかと」

執事が笑顔で伝えてくる。

「リシュも人が多いところは嫌っぽいし、しょうがないけど」

足元に寄ってきたリシュのほっぺたを、しゃがんでもしゃもしゃと指で撫でる。

「お前は……」

ディノッソは頭が痛そうだ。

「いいな～。俺もわしわししてぇ」

ディーンは犬好き確定のようで、羨《うら》ましそうにしている。

「ディーン、お前は好きなものに対して思考停止するのなんとかした方がいいぞ……」

レッツェも何か疲れているようだ。こっちの原因はディーンっぽいけど。

「私はここにいていいのかね？」

クリスが珍しくそわそわと、不安そうに聞いてくる。

「呼んだのは俺だ」

下からクリスを見上げて答える。顎《あご》に視線が行くのは、角度的に仕方がないことなのです。

「ありがとう。このクリス、全力で信頼に応えよう！」

クリスがいい奴なのはわかっているのだが、なんか背景にキラキラとか花を背負っているんじゃないかと思わせるようなジェスチャーが、一抹《いちまつ》の不安を抱かせる。

「それにしても、ちょうどいい精霊ってどんな感じだ？」

大きさで判断すると、リシュだって小さいし。

「……アズを返した方がいいだろうか？」

「いいや、そこにいた方が俺も落ち着く」

時々俺の肩にも来るが、アッシュの頭の上が定位置だ。最初は怖い顔との対比がちょっとおかしかったが、今は可愛らしく見える。

「冒険者ならば、火の精霊はよく聞くけどな。紹介いいか？」

レッツェがいつもの雰囲気で言ってくる。

なるほど、ディノッツォの精霊をお手本にするか。ディノッツォの隣にいる、ドラゴン型の火の精霊を眺《なが》める。見られて落ち着かないのか、ちょっと身じろぎするドラゴン。

「ああ、すまん。このおっさんはディノッツォ、こっちはレッツェ」

「おっさん言うな！」

ディノッソが文句を言いながらレッツェと握手をする。

「よろしく。……って」

握手が終わっても手を伸ばしたままなレッツェ。

「……間違えていたらすみません。……バルモア？」

「おう」

軽く答えるディノッソ。

「ええええええっ」

「待ちたまえ、王狼バルモアといえば、迷宮で行方不明になったのでは？」

悲鳴に近い声を上げながら、寄ってくるディーンとクリス。蝋燭1本じゃ暗いので、そばに寄らないと確認できないのだろう。

「明日から冒険者に復職すっからよろしく」

「お、おれ、握手……」

自分の手をズボンで拭いて差し出すディーン。紹介するのが面倒だから自分で名乗れ。

「ディーンだ、です」

「クリス＝イーズ、伝説と会えるとは光栄だよ！」

俺の思ったことが通じたのか、自分で名乗ってそれぞれ握手を交わす。

「ディーン、話し方おかしい」

「うるせぇな、お前、バルモアだぞ、バルモア！」

知らんがな。

「物語にもなっている。男で知らぬのは、よっぽど偏った家で育った者だけってくらい有名人。直接顔を知っているのは、同じ年代かその上の冒険者やってた奴らだけだけどな」

レッツェが説明してくれる。

俺にとってはディノッソだ。奥さんと子供たちに弱い、気のいいお父さん。まあ、ちょっとドラゴン型の精霊は格好よかった。

よし、ドラゴン型の精霊をどこかで探してこよう。いるのはやっぱり南のドラゴンが飛んでるところだろうか……。

「とりあえず、目立ちたくないなら、その精霊を街中で連れて歩くのはやめとけ」

「は〜い」

ぐったりしながら手を振って、俺が渡した食材を持って裏口から出ていくディノッソ。

「王狼バルモアもパン抱えたりするんだなぁ」

ディーンが変な感想を呟《つぶや》いている。

「とりあえず飯の続きを食おう。ノート、メインは肉なんだけど俺が焼く？　自分で焼く？」

「私が」

食卓に移動し、火かき棒で薪を動かし、暖炉で執事が肉を焼き始める。

「なんかもう、情報過多でいっぱいいっぱいなんだが」

持ち込んだワインを飲みながら、レッツェがため息をつく。

「明日、ギルドに行けばバルモアが見られるのか〜」

ディーンは継続して気持ち悪い。

「ジーン、当然のように精霊を撫でるのはどうかと思うのだが……。いや、だが強い精霊ならば、見えるだけでなく、あちらから触れられるのだったか。どちらにしろ気をつけたまえ」

クリスは優雅にグラスを傾ける。普段は動作が大げさなのが目立つが、食べ方やちょっとした所作は綺麗《きれい》なのだ。

「それにしても、またギルドが騒がしくなりそうだな。バルモアクラスなら、ここじゃなくって迷宮に行きそうなもんだけど。やっぱりジーンがいるからか？」

「いや、子供たちを鍛《きた》えるって」

レッツェの疑問を解く俺。

「え。バルモアって子持ち⁉」

身を乗り出すディーン。

「ディーンは、なんか追っかけ乙女《おとめ》みたいになってて気持ち悪い」

「しょうがねぇだろう、俺らよりちょっと上なだけで伝説級なんだぜ？　男なら憧《あこが》れるだろ！」

「可愛らしいお嬢さんと、双子の兄弟が。鍛えるのは双子だけだろうか？」

すでに顔合わせをしているアッシュが言う。

「いや、３人ともって言ってたかな」

アッシュが怖い顔になったので、何か考えている様子。

「奥さんってやっぱり、氷雪《ひょうせつ》のシヴァ？」

「氷雪かどうかは知らないけどシヴァだな」

シヴァにも二つ名があるのか。憑いてる精霊にちなんだものっぽいが、もしかしたら氷系の魔法を使うのかもしれない。もしそうならば、魔法を教えてもらいたいところ。

「かーっ！　強くて美人の奥さん！　いいなあ」

「そこは同意する」

美人で料理上手、ディノッソをさりげなく立ててるところとか。

「好みなのかね……？」

「好みというか、旦那《だんな》のディノッソ含めて羨ましい家族だ」

平和な農家じゃなかったけど、やっぱりいい家族だと思う。奥さんだけでなく子供たちとの関係も羨ましい。

「バルモアとシヴァがいるなら平気だろうけど、子供に変なちょっかいが行かないように、ちょっと注意しとくか」

レッツェの言葉に、ディーンとクリスが目配せして頷《うなず》く。

「お願いします」

俺よりはるかにうまくやるだろう3人に頭を下げる。

あとはディーンの終わらない王狼の逸話を聞きながら、飯を食いながらでのんびり。

2章　鍛治と精霊

翌日はレッツェに頼んで、鍛治屋巡《かじやめぐ》り。

ローラ？　ローズ？　違うローザか。みんなアメデオの方の名前をよく出すので、俺の中で他の名前が怪しくなってきた。それはさておき、面倒そうな金ランクの手下が街から掃けたので、アッシュからもらった魔鉄《まてつ》を加工してくれるところを探している。具体的にはクリスとディーン、レッツェ、それぞれの行きつけの鍛治屋を案内してもらっている。

なお、ディーンとクリスの2人は、朝早くから冒険者ギルドに嬉々として向かった模様。目当てのディノッソたちは、人の多い朝を避けて、ゆっくり朝食をとってから出かけたんだけどね。昨日渡し忘れた卵を届けたんで知ってる。

鍛治屋巡りに付き合ってくれるのはレッツェだけだ。ぞろぞろ行く必要もないけど。

それにしても精霊さん。連れて歩いた方がいいとアドバイスをもらったが、名前を付け直して一緒にいる時間が増えるとでかくなるわけだが、その点はどうしよう？　まあ、あとで考えればいいか。まずは捕獲《ほかく》しないことには話が進まない。あれだ、ドラゴンってどこにいるのだろうか？　いるとしたらやっぱり南？

「ジーン、お前、妙なこと考えてるだろう？」

「気のせいです」

隣を歩くレッツェが、目をすがめてこっちを見て聞いてくる。

「本当は城塞都市の方が職人が多いんだが……」

「そっちはローザの手下でいっぱいだと思う」

実際、ディーンもクリスも、メイン武器の本格的な修理は、城塞都市にわざわざ行っているそうだ。こっちの鍛冶屋では、日常的に行き届かない部分のお手入れを頼むほかは、解体用のナイフとかサブ武器の手入れが主だとか。本格的な研《と》ぎを伴うようなことは城塞都市だって。

城塞都市、実は隣の国だったりするので、本来は人の出入りが厳しいはずなのだが、冒険者には関係がない。王都に行くとか、魔物の湧《わ》く場所から離れると扱いが悪いが、魔物に近いところだと自由が多いのだ。

ただ、城塞都市の腕のいい職人は、紹介がないと会ってもらえない。2人には、そっちに行くなら案内するぞとは言われている。そして娼館《しょうかん》の話が蒸し返された。

「お前、ローザを完全に悪役扱いしてないか？　慈悲深い回復の使い手として有名なんだぞ」

「俺にとっては、面倒そうな相手としか思えない。精霊憑きばっかり集めてないで、ちゃんと国民を集めりゃいいのに。いったいどんな国を復興させたいのかわからん」

「強い集団になりゃ、どっと来るのが大半だろ」

レッツェの言う通り、農民も街の人間も旗色のいい方につくだろう。最初から応援してたみたいな顔をして。

「で、どうよ？　気に入った職人いたか？」

5軒ほど回ったところで、レッツェが聞いてくる。

「魔鉄って、加工は鉄と一緒？」

「火の精霊が憑いてる炉なら、粘りが加わってよりよくなるって聞くけど。工程は普通の鉄と同じ扱い方って話だな」

「うーん。案内してもらっておいて悪いけど、自分で打とうかな」

見学させてもらったけど、ぴんと来ない。以前見た、北方の民の鍛冶屋がすごかったので、つい比べてしまっているところもある。

「お前、器用だけど設備はあるのかよ？」

「あるある」

「……どこにあるのかは聞かねぇけどよ」

屋台でモツの煮込みをパンに挟んだものを買って、立ったままもぐもぐと食べる。

「ぐふっ。ちょっと臭《にお》うなこれ」

「そういえばちょっと臭うな」

レッツェは気にならないレベルのようだが、結構というかだいぶ臭い。

「せめて七味が欲しい」

「七味？」

「唐辛子《とうがらし》をベースに、７種類の薬味を混ぜた辛い調味料」

「へえ？」

まあないだろうな、こっち。

「ジーンの料理に慣れると、だんだん外で食えるものが少なくなりそうで怖いよ、俺は」

「覚えればいいだろ、料理」

執事はだいぶ覚えて、先日はアスパラガスのピザを届けてくれた。

「料理ってほどじゃないが、今まで全部外で済ませてたのが、家で肉を焼くようになったぞ」

「いいことです。野菜も食えよ」


そういうわけで鍛冶です。

材料は集めた。ふいごの用意よし、熱い金属を挟《はさ》む柄の長いやっとこ、金床《かなどこ》よし。叩いたり曲げたりするためのハンマー、丸頭ハンマーと平頭ハンマー、２つの金属を叩いて融合させる時に使う、両手で扱う重い大ハンマー。ハンマー多いよ、ハンマー。

水よし、炭よし、ホウ砂よし、藁灰《わらばい》やら色々よし、またもやオオトカゲ君の皮で作ったエプロンよし。火の精霊のお手伝いよし！

まず鋼《はがね》を叩いて、四角いプレートに棒がついたような形にする。棒の部分は鉄でもいい。上にまた鋼を重ねて——。

ハンマーを打ち下ろすたび、飛ぶ火花。流れる汗をそのままに、悪戦苦闘を続ける。いつの間にか、細かい精霊たちが炉を動き回り、ふいごの風に乗ってオレンジ色の蝶の精霊が舞う。

炭素量を平均化させるために、鋼を伸ばしては折り返して、伸ばしては折り返して——何度も鍛えることにより、粘りを持たせて強度を増し、不純物を叩き出す。オレンジ色に焼けた鋼の様子を見ながら強く弱く。ちろちろと長い舌で、火蜥蜴《ひとかげ》がオレンジ色に焼けた塊を舐《な》める。

普通、どう考えても2人でやる作業な気がするが、代わりに火の精霊たちが手伝ってくれている。精霊が楽しそうな時は、工程がうまくいっている時。

ナイフなどの小物を作って練習したあと、剣にかかる。大きなものは1人で扱うことが厳しそうだと思ったけれど、興味を持って寄ってきた精霊が増えていて、むしろ楽になった。無事完成……は、また今度。刃をつけるための砥石《といし》を忘れた！

こっちの剣は、日本みたいにカンカンしないのが普通なんだよな。型に流し込んで作る。筒に剣の型を入れて、筒との隙間に砂を詰めて、溶けた鉄を型に流し込む。カンカンするのはどっちかというと、蹄鉄《ていてつ》職人、馬の脚の専門家だ。

どっちも下働きの手伝いをして学習させてもらった。盗み見て覚えられる【生産の才能】はとても便利。元の世界での知識も、テレビや本からの曖昧《あいまい》な知識に補正がかかるのか、どうしてその工程が必要なのかわかるし。料理みたいに、全く知らない知識があるとか、出来上がりを見ただけで作り方がわかるとかじゃないけど、十分反則だ。

料理に関しては、反則を超えた何か。元の世界のものはオールマイティーだし、こっちの料理も字に残されてるのは知識として持ってる状態だし。出来上がりか素材を見れば、作り方が【鑑定】で出るし。何より、計らなくても適量がわかるし、焼き時間もわかる。こっちは薪だし、暖炉や窯の構造でだいぶ違ってくるはずなのに、どう炭を動かして、どう鍋を置くかとか、意識しなくてもわかってしまう。

そういうわけで、料理以外の生産は現在もせっせと学習中。今は主に図書館で知識を仕入れている。その図書館の知識と、鍛冶仕事を見せてもらった北方の民の話だと、海を越えた大地に鍛冶が得意な民族がいて、カンカンするらしい。

ただ、技術を本に記すという文化がないのか、図書館で調べても物品の注文書みたいなものしか出てこなかった。カンカンするというのも、同じ大陸の他の民族が記したものだ。

ちょっと謎の民族っぽいというか、ドワーフっぽい？　あとで探しに行こうと思っている。謎を辿《たど》る時間と能力があるというのは幸せだ、楽しいし。

白装束《しろしょうぞく》までは考えないけど、カンカンしたいよな、日本人として。そういうわけでカンカンしたのは、西洋タイプの剣。何せこの近辺で日本刀は目立つ。製造工程と魔鉄で与えた粘りで、普通の鋼の剣より強いはず。うん、失敗してなければ。なんか予想と違う色をしているので心配なんだが。

「リシュ、当たると危ないからちょっと離れてて」

出来上がった剣を持って、鍛冶小屋の外へ。普通の剣より大ぶりで薄く、刀身の先がなぜか朝焼け色に染まった美しい剣だ。

一振り、横に薙《な》ぐ。剣から炎が湧き出て軌跡《きせき》を辿る。

二振り、下から斬り上げ反転し、斬り下ろす。炎が尾を引いて火の粉を振りまく。

おお！　カッコイイ!!　俺でもわかる、わかるぞ！　これ、怒られるやつだ！

思わず、鍛冶小屋の入り口にちょこんと座るリシュを見る俺。目が合うと、ちょっと首を傾げるリシュ。うん、可愛い。

いや、どうしようこれ。せっかくアッシュに魔鉄をもらったのに、使えない剣にしてしまった……。日本でのガチお詫《わ》びの手土産は老舗《しにせ》の羊羹《ようかん》だが、こっちの世界はなんだろう。酒か？いかん、わからん。

酒と菓子でいいだろうか。俺にまだ酒の味はわからないから、日本で美味しいと言われてたワインを瓶に移して。菓子は——チョコレート生地のエクレアにしよう。カスタードに生クリーム、苺《いちご》を挟んだやつならアッシュの好みに合うんじゃないかと思う。生地はチョコレートの甘さは控えめでほろ苦い風味、上に塗るものは普通に。

その方向で今度は台所に籠もって、エクレア作り開始。心持ち固めに練った生地を絞り出して焼き、半分に切って、バニラビーンズを多めにしたカスタードを絞り入れる。その上に生クリームを、こっちは飾りになるように口金《くちがね》を替え強弱をつけて絞る。クリームの上に苺を３つ、チョコレートを塗った蓋《ふた》をそっと載せて完成。

よし、怒られに行ってこよう。いや、アッシュは怒らないだろうけど。

「いらっしゃいませ、ジーン様」

裏口の扉をほとほとと叩くと、執事がすぐに扉を開けてくれた。

「ジーン」

「こんにちは」

執事が声をかける前に、アッシュが顔を覗かせる。貴族だからなのか、本当は台所に入らないらしいんだけどね。最初、アッシュが台所に入ってくるたび、執事が微妙な顔をしていたのだが、最近はそれもなくなった。俺が正面に回ればいいんだろうけど、大体食材を持ってることが多いので、勝手口から声をかけるのが便利なんだ。純粋に近いし。

「これ、酒とお菓子。今日は2人に謝りに来た」

「ジーンに謝られるようなことはされていないと思うが……。なんだね？」

アッシュが不思議そうに聞いてくる。

「魔鉄、俺が粗相《そそう》して使えない剣にしてしまった。せっかくもらったのに、申し訳ない」

酒とエクレアの入った箱を執事に渡し、手が空いたところで一気に言って頭を下げる。

「謝ることはない。魔鉄はジーンに渡したもの、自由に使っていい」

気にしていない風なアッシュ。わざわざ集めてくれたのに、本当に申し訳ない。

「ジーン様は鍛冶もおやりになるのですね。鋳潰《いつぶ》して、作り直されてはいかがでしょう？」

笑顔の執事が解決案を。

「なるほど。思いつかなかった、あれ鋳潰せるかな？」

もともとは鋼と魔鉄、どっちも溶けた。いけるか？

「……ジーン様。バルモア――ディノッソ様を呼んで、一緒にその失敗した剣をお見せいただけますか？」

執事が笑顔という名の仮面をつけた気配！


ディノッソを呼ぶのならと、俺の家に移動した。

「アッシュ、痩《や》せたか？」

「うむ。さらしをやめたのもある」

そしてアッシュとお茶。執事はお茶を出すと、すぐに隣のディノッソを迎えに行った。アッシュがそのまま持ってきたエクレアの箱を開けて、結局2人で食べている。

「女性ってわかるんじゃないのか？」

なんかシャツがもったりしてる。疑いを持って見れば、女性だとバレるくらいには腰が細くなった……気がする。なお、胸は――胸板《むないた》が減った。

「シヴァとティナがいるからな。この菓子はすごく美味しい」

怖い顔になっているが、背景に花が飛んでそうと思うくらいには、アッシュの表情を読むのに慣れた。シヴァとティナがいるとなんだろう？　精霊のもたらす能力のお陰で皆無ではないものの、冒険者に女性は少ない。そして大体、信頼できる仲間と一緒だ。

「ディノッソたちと一緒に仕事をするのか？」

「いや、女性が多い方がいいかと」

「なるほど、シヴァとティナのためか」

アッシュは言葉少なで、表情豊かとは言えないけれど、思考と行動はとてもわかりやすい。

「それに、アズが解放された影響で、さらしを巻いておくには無理が出てきたのもある」

アズから自分が解放されたとは言わないアッシュ。アッシュにもアズにも、どちらにも苦痛な契約だったろうに。

「あとで服を持ってきて。サイズ直しをしよう」

思ったよりエクレアを気に入ったのか、アッシュが幸せそうだ。ディノッソたちの分を机に追加したところで、扉が叩かれる。

「開いてるぞ」

台所に向かって叫ぶ。開いてるのはわかってるだろうけど、俺の家だからね。

「いらっしゃい」

「よし、覚悟はできてる。見せろ」

ディノッソの第一声がおかしい。どかっと椅子に座って、足に手を置いて不動の構え。

「これ」

見せろと言われて上着を脱ぐボケをかまそうと思ったが、アッシュがいるので自重《じちょう》。大人しくやらかした剣を出す。

「いや、待て」

「うん？」

「今、どこから出した？」

「【収納】から」

「……」

何かに耐えているディノッソ。

「……」

机の横で笑顔のまま固まっている執事。

「……」

アッシュはエクレアをもぐもぐしている。

エンと同じ能力持ちをカミングアウト。エンの能力をオープンにするかはわからないけど、同じ能力持ちがいるとわかれば心強いかな、と。

「はあああああああ……。お前、それ隠しとけよ」

ディノッソが詰めていた息を吐き出して言う。

「はいはい」

「軽っ！　ノート？」

「今まで隠しておられたので大丈夫かと。代わりにお作りになった鞄《かばん》が目立っておりますが、こちらはギルドをうまくお使いです」

そうです、ちゃんと隠してました。

「で、これが件《くだん》の剣か」

切り替えたらしいディノッツォが、そう言って鞘《さや》から剣を抜き放つ。

「うわぁ……」

「……鋳潰すのは中止でお願いいたします」

ディノッツォのドラゴンに反応してか、刀身に炎が走る。

「ふむ、美しいな」

「気に入ったならやろうか？」

褒《ほ》めてくれたアッシュに聞いてみる。

「いや、あいにく私のそばには炎の精霊がいないので、扱い切れぬ」

アッシュに憑いているアズは、風と緑の精霊だ。

「ディノッツォは？」

「お前、人前で使えないような剣を、軽々しくやろうとすんなよ。いくらだよこれ」

「えーと？」

鉄の鏃《やじり》が傭兵《ようへい》より高いんだっけ？　でも安い農具なんかを作る銑鉄《せんてつ》から鋼を作ったんで、それほどでもないかな？　銑鉄は硬いけど崩れやすく脆《もろ》い、だから魔鉄を混ぜて粘りを出すんだろうけど。鉄を溶かす坩堝《るつぼ》に、松脂《まつやに》を用いたフラックスを入れて鋼を作ったのだが、この鋼の値段っていくらになるんだろう？

「いや、待て。ノート、そもそもこれ、なんでできてるか聞いていい？」

「大陸の人間とは交流を絶っている、北方の島にいるという種族が作る刃に似ているかと」

「頑張ってカンカン鍛造《たんぞう》しました」

ちょっと工程で精霊たちが手伝ってくれたので、結果大変なことになったけど。

「精霊剣になったのは仕方ない。人前で使えないと判断してるし、セーフだ」

「うむ」

さすがに隠そうとしたとも。

「でもアウト！　精霊剣じゃなくてもアウト！　アウトだから！！！」

「ジーン様、スルーする基準をもう少し引き下げてください」

アウトを連呼するディノッソと、困ったような執事。

「すぐ折れる刃物なんて嫌だ」

なお、この剣だけでなく包丁も作って、今現在隣の台所に置いてある。そっちは精霊のお手伝いを遠慮したので普通の鋼の包丁だ。

「ノート？」

「——範囲外でございます」

「戦闘関係はともかく、生活の快適さは譲《ゆず》れないな」

うん。むしろこの世界もどんどん快適になればいい。

「ジーン様は我らより文化レベルが上のようでございますね」

「ジーンの普通が我らの非常識なのだな」

黙ってやり取りを見ていたアッシュが言う。落ちる沈黙。

「ジーン、いるかあ？」

そして能天気なディーンの声。

「どうぞ、開いてる」

声を返すと扉が開いて、先日と同じ籠を抱えたディーンが入ってきた。

「うをっ！　バルモア。こ、こんにちは」

「ああ」

頭を抱えたまま短く答えるディノッソ。ディーンは相変わらず、ディノッソに対してちょっと挙動不審。

「なんかあったのか？」

「譲れない地点の探り合いだ」

声を潜めてディーンが聞いてきたのに答える。

「なんだか知らんけど、あんま突き詰めるなよ。気楽に行こうぜ？　——お、いい匂いだな！もらっていい？」

わざとなんだろう、ちょっと大げさなほど明るく言って、エクレアに笑顔を向けるディーン。

「どうぞ。たくさん作ったし」

「おう、あんがと。これ知り合いから譲ってもらったアスパラガスな」

そう言って渡された籠には、アスパラガスの太いのとホワイトアスパラガスの太いのが半々。森で採ってきたのではなく栽培もののようだ。あるんだな、ホワイトアスパラ。なんか缶詰のでろっとしたイメージしかなかったのだが、ピンとして美味しそうだ。

俺に籠を渡し、空いた手でエクレアを摘み上げて大口を開くディーン。エクレア、初めて見ただろうに警戒心《けいかいしん》のない男だ。

「その菓子で、たぶん民家が買えます」

「ぶぼっ！」

絶妙なタイミングで声をかけた執事の言葉に、エクレアを喉《のど》に詰まらせるディーン。

「ノート？」

口元を押さえながら、ディーンが呼びかける。

「バニラビーンズ、カカオ、それだけでも一体どれほどか。そして苺と称する甘い実は範囲外でございます」

称するって……、苺ですよ！　一応こっちの苺にも日本の面影《おもかげ》あるじゃないか！

色々騒ぎつつ、全員でエクレアを堪能《たんのう》。ディーンは甘いものよりしょっぱいものの方が好きだし、ディノッソもほろほろと崩れるような菓子が好きなんだが、エクレアは好評だった。そして、執事とディノッソから背付き椅子の注文が入りました。


こっちの世界、背もたれのないベンチみたいな椅子か、丸太を適当に切ったようなのが普通だ。王都とか金持ちの家には背付きがあるそうなんだけど、一般には出回っていない。ついでに言うなら背もたれが座面から直角らしいぞ？　まあ、ベッドが藁のあれだからな……。

あ。鍛冶を始めたことだし、コイルを作ってベッドマットを作ろう。ランプも作らないと。

何か忙しくなってきた気がする。

この街で買った食材で作ったものは外で食ってもよし、それ以外は家の中にとどめること、と注意を受けた。家具やら何やらも同じで、木製の椅子は形があれでもセーフ。

ただ剣は身を託すものだし、いいものを装備するのは賛成ということで、新しく俺の剣を打つことになった。件の剣をディノッソが引き取り、とりあえずアッシュとシヴァの剣も打つことになったのだが、支払いは全員ディノッソ経由。ディノッソがどっかから拾ってきたことにし、俺が持っていても目立たないように、何振りか出回らせることにしたのだ。ディノッソは伝説の男ってことで、ひとつ。

ディーンは金がないからと断ってきた、なんか血の涙を流しそうな顔してたけど。お高い娼館なんかに通ってるからだな。冒険者ではレッツェみたいに堅実な方が珍しいんだけど。

レッツェとクリスにも聞いてみる予定だけど、レッツェには断られそうな気がする。剣を譲ってもいいと思う人が他にいたら、とディノッソに言ったのだが、冒険者稼業からしばらく離れていたので今のところいないそうだ。

なお、執事の剣はすでに精霊剣の模様。あの糠漬《ぬかづ》けの精霊が力を付与するタイプらしい。アッシュに内緒なんで、滅多《めった》に使わないみたいだけど。

とりあえず精霊剣を譲っても不自然に思われないように、アッシュとディノッソたちはしばらく魔鉄を集めつつ、ギルドの依頼やらを一緒にこなす方向だそうだ。俺も時々参加する予定。

そういうわけで、俺は俺の精霊剣を改めて作る。属性は何がいいかな？　その前に連れ歩く精霊か、属性を揃えないと。あとは精霊が育ってしまう問題をどうしよう。――とりあえずドラゴン観に行こう、ドラゴン。その前に一仕事をして、金を稼ごう。

◆◇◆◇◆

「これは……、ジャガイモですか？」

「はい」

ガラス窓がいくつも設《しつら》えられた明るい部屋。白に金の縁取りの壁、どっしりとした生地のカーテン、目の詰まった絨毯《じゅうたん》。

これでソファならあれなんだが、木製布張りの椅子だ。布張りの座面は最先端なんだろうけれど、俺にとっては微妙。せめてもっと背もたれに丸みを！　背中に優しくない設計だ。

向かいに座っているのは壮年の男、海運で主に食料を扱っている大きな商館の番頭さん。ナルアディードで商談中なのだが、受付はなんか雑然とした場所で機械的な対応、次にこの部屋。

多分、商会の富を見せつけて、格の違いをわからせる的な効果だと思うのだが、俺には微妙。せっかく手作りでお高い素材使っているのになんだこのデザインセンス、みたいな。あれもこれも手作りで、お高いのはデフォなんだけどね！　機械製品なんかないし。

それは置いといて、この世界で手に入らない食材で作った料理が家から持ち出し禁止なら、手に入るようにしたらいいじゃない。ということで、まずはジャガイモを売り込みに来た。まだ日本の品種と同等というわけにはいかないけど、ちゃんとジャガイモに見えるジャガイモだ。ちょっと赤がかってサツマイモっぽい色してるけど、精霊さん頑張った。色は正直微妙だが、花の観賞用に売られていたこっちのジャガイモよりだいぶ大きいし、味もいい。最初の部屋で見せたら、一足飛びにこの部屋に案内されたくらいには魅力的らしいジャガイモさん。

「麦は戦争などで踏み荒らされるとダメになります。その点、ジャガイモは地下にできるので影響を受けにくく、保存が利きます。重宝するのではと、植えられ始めているのですよ」

商人がジャガイモを手に取って品定めしながら説明してくる。

「おや、そうなのですか」

知らんかったけど、いかにも知ってました風に微笑む俺。そうか、ジャガイモはもう食料として栽培の話が出ているのか。天候不順ならともかく、戦争のためっていうのが気に入らないが、飢える人が減るのはいいことだ。

「この大きさはとても喜ばれるでしょう。――ただ障害がありましてな」

「なんでしょう？」

「毒だと言う者がいます」

「調理に手を抜きましたか」

芽と光に当たって緑になったところは毒ですね！　姉が毒は芽だけだと言い張って、酷《ひど》い目に遭ったことがあるぞ。

「調理に……？　もしやソレイユ様は原因をご存知？」

「ええ」

知らんのかい！

ソレイユは、ナルアディードで名乗っている名前だ。こっちの商業ギルドはこれで登録した。偽名の身分証を用意するのは簡単だ、なぜなら俺が発行してるから！

書類上は認知されている国のくせに、領地には俺の許可なく——少なくともあの神様たちより強い存在にならないと入れないので、身分証を発行しまくっている。自由騎士殿の守りは鉄壁だ。あんまり身分を使わないお陰で、自分だってその気がしない。架空の人物っぽいよね。

「ソレイユ」が目をつけられたら名前を捨ててしまえばいいので、多少目立つことをやっても平気。いざとなったら「ジーン」も捨ててしまってもいいんだけど、うっかり気に入り始めているので、こちらは守りたい。

「ジーン」も自由騎士の身分を持っている。身分証に記載されているのは、神々につけてもらった名前の省略したやつで、ジーンはただの通り名だ。実は、自由騎士に仕える自由騎士といいうけったいなことになっている。なぜなら、家紋《かもん》とかが身分証代わりになるのを知らずに発行したから！　いや、身分が保証されただけで、仕えてることにはまだなってないのかな？

自由騎士は国には従わず、国王と同等で、孤高で、高名。制度的にはそういうことになっている。

実際には、一部地域で武功を立てただけとか、残念な感じの自由騎士も存在している。それに名前は有名だけど、顔は知られていないことも多いので、国とか、領地持ちの貴族が後ろ盾《だて》になって、人品の保証をすることが多い。体裁的には、「今のところ自由騎士の身分は捨てていませんが、この人が主《あるじ》としてふさわしいか見定めている最中です」みたいな状態になる。

国の保証を受けるのは自由騎士の存在意義に反してる気がするけど、国のありよう自体が混《こん》沌《とん》としてるこの世界で、深く考えるのは無意味だ。

まあ、そんなことよりジャガイモだ。ジャガイモ、輸入元では食べられてたんだよね？　もしや、ペルーと同じく乾燥して脱水して食ってる系か？　あれは毒素も水と一緒に抜ける。

「知っているならば、ぜひ教えていただきたいのですが……」

色々考えてたら商談相手が痺《しび》れを切らせて聞いてきた。

「教えてもいいですが、条件次第です」

などと言ってみる。

「条件？」

「この島に家を。アラウェイ家でしたらできるでしょう？」

ナルアディードは、とても小さいくせに、ひしめくように家が建っている。ここに本拠地を置く商会はもちろん、あちこちの国の大商人の支店や、季節ごとに訪れる商人たちの宿、さらに各国が競って商館を建てている。

家や部屋を買うにしても空きがない状態なのだが、海運で財を成すアラウェイ家ならば空けることができるだろう。面倒だけど大きな店に話を持ちかけたのはそのためだ。

まあ、こんな緑のないとこに住みたくないんだけどね。吹っかけておいて一段条件を下げる手法です。

「それは難しい――それに理由はわからずとも、方法は元を辿れば知られますから」

「そうすると調理法が限られますね。まあいいでしょう、おいとまいたします」

さっさとジャガイモを回収する俺。

「いや、時間をいただけませんか？　主に話を通してみます」

そうね、毒抜きの方法はともかくとして、俺の持ってるジャガイモは魅力的ですよね！　他の商会に持っていかれたくないくらいには。

「話を通すためにも、現物をお預かりしても？」

「ではこちらをどうぞ。食べていただいても結構ですよ」

丸のまま茹《ゆ》でたジャガイモを渡す俺。ちょっと残念そうな相手。種芋《たねいも》になるものを渡すわけないじゃないですか、ＨＡＨＡＨＡ！　栽培簡単なんだから。冷めた芋は美味しくないから、ちょっと不本意なんだけど、あんまり好意を持てる相手じゃないし、いいとする。

結果、近隣のもっと小さな、地図にも載らないようないくつかの島の居住権を獲得。大きな船をつけられる港がないので、商いをするには小舟でわざわざ海を渡ってこなければならないけど、これで庭つきが買えるはず。俺に移動はあんまり関係ないし。小舟にしても、そこまで頻繁《ひんぱん》に商いをするつもりもないし。「ソレイユ」のための住所が欲しいだけだ。

「条件を叶《かな》えられませんでした代わりに、商談で困ったことがあればご相談ください。場合によってはアラウェイ家の名を出すのも許可するとのことです」

当主とは顔を合わせることなく商談成立。ナルアディードの家は無理で、周辺の島や2つの半島にならなら話を通してくれることになった。俺にとっては予定通りで、おまけのサービスもついてきた。アラウェイ家にとっては、俺の方が譲歩したことになってるんだろうけど。

何はともあれ、文書にした契約は命がけで守るのがナルアディードの商人だ。契約書の種類によっては時間が経つと精霊のいたずらで無効になるし、逆に精霊の呪いの制約つきとかもあるんだけど。

「では、先に毒の条件をお教えしましょう。ひとつ、未熟な芋は濃度が濃い。ひとつ、光に当てると増える。ひとつ、傷つけると増える。ひとつ、芽と緑の部分は濃い、皮側にも少し。剥いた方が無難です――苦味やえぐみを感じたらそれは毒ですので、吐き出すのがいいでしょう」

「なるほど。お詳しいですな」

半分【鑑定】でカンニングしてるけどね。記憶だけで喋って説明に抜けがあっても困るし。


見本に持ってきた少量のジャガイモを渡して、商館をあとにする。数日後に商業ギルドで支払われた金の確認と土地の売買許可証の受け取りをしたら、3樽《たる》分のジャガイモを引き渡す。2樽分は残して、神々が食べる分と種芋分を確保。また日本産ジャガイモと混合予定だ。

3樽分だけど、これから大々的に広がるだろう作物の元ということで、結構な大金ですとも。連作障害もあるけど、それはあとで教える。このままくらいの関係が維持されてたらだが。俺が契約したのは、種芋と人体に影響のある毒素のことだけだ。同じ場所で作っていたらだんだん収穫量が減っていくと思うが、2、3年では大きな変化はないだろうし。

さて。服の布を買ったら、ナルアディードの周辺の島を見て回ろう。

その前に環境の確認。ナルアディードを中心に点在する島々は、北と東西が陸に近い。南は海が広がっているが、空気が澄んだ晴れた日には南の大陸が見える。なるほど、それで海から建物が生えてるみたいな、ギリギリな建て方が許されるのか。陸地と陸地との間に挟まれた内海。波が大きくなるほど海は広くない。

南の大陸は見えていても渡ることは難しい。ドラゴンの住む地だからだ。人を襲わない約束ごとは、ドラゴンのテリトリーではさすがに無効。精霊は身近なものの形を取ることが多いので、時々海の上を飛ぶドラゴンを眺められる島で精霊を探すつもり。なので、島の中でも眺めのいい場所がいい。

南の大陸には図書館のあるテルミストの方がぐっと近いんだけど、あっちは商売をするにはさすがに遠い。表に立つ気はないので、大陸中に販路《はんろ》を持つ大商人が幾人もいるナルアディードがやりやすい。俺が扱うんじゃなくって、ジャガイモのように元を売って表に出ない方式。信頼できる人がいたら、店長を任せてお店を出してもいいんだけど。

そういうわけで、ナルアディードにそこそこ近いのが第一条件。次に眺望《ちょうぼう》。嫌な記憶が蘇《よみがえ》ってくるんで民家がない山っぽい島はパス！　そもそもそんな島は遠すぎるけどね。ナルアディードに近いほど家が多い。隣の島なんか建物で埋まって地面ないんじゃないのかな？

小舟を借りて島巡り。あ、あの島いいな。切り立った岩みたいな島にそこそこ緑があって、浜辺には漁師の家みたいなのが5、6軒ある。中腹あたりにも石の家がちらちら。一番見晴らしがよさそうな場所には、ところどころ崩れた石壁が見える。城塞でもあったのかな？　あそこに家を建てたら眺めがよさそうだ。俺が家を作りたくなるのって、絶対あの島のサバイバル生活のせいだ。【収納】があるのに、カヌムの家にも結局食料を溜め込んでいるし。

とりあえず島民とちょっと話してみよう。そう思って突撃したら、総勢15人程度と判明。空き家も多く、思っていたより人が少ない。島の周辺に岩礁《がんしょう》が多く、大きな船どころか2人乗りくらいの小舟が通り抜けるのが精一杯。舟が小さければ獲《と》れる魚の量も少ないため、どんどん人が減っていった結果らしい。

特に中腹に見える家々は、遺棄《いき》されて長いそうだ。争いが多かった時は、敵の上陸を防げてよかったらしいんだけど、今は長く平和なので、便のいい島に移る家が多かったんだそうだ。

島に住んだら、必要なら移動の時に船頭をしてくれるという。住人は気がいいようだ。そうなったらちゃんと金は払うつもりだけどね。

◆◇◆◇◆

「ご機嫌だな？」

「うん」

俺の家でコーヒーを飲んでいるレッツェ。茶だと言ってコーヒーを出して、気に入ったのはレッツェ1人。みんな砂糖とミルクを入れれば飲むので、苦いのが嫌みたいだ。というか、ディーンとディノッソは酒だな、他は紅茶。

さっきまでベッドマットを作るのを手伝ってもらっていた。鋼線をスプリングになるように編むところまではやったのだが、それにフェルトを合わせたり綿のカバーをつける作業は1人だとさすがにきつい。スプリングを押して縮めてもらったり、どたんばったん。2人でも足りないくらいだった。単純にでかくて扱いにくいし。

鋼線の編み方をもうちょっと工夫して、スプリングの硬さを調整したいけど、これはこれでなかなかいい感じ。俺の家のベッドマットがへたっても換えられて安心、将来の憂《うれ》いが1つ消えてご機嫌なのだ。

「手伝ってもらった礼にどれかやろう」

「なんだ？」

「ランプ」

鍛冶場をようやく稼働させたので、真鍮《しんちゅう》をコンコンやりました。叩いて伸ばして形を作ってゆく感じで、あまり鍛冶は関係なかったけど。むしろガラス吹きで炉を使った。

作ったランプを机の上に並べてゆく。持ち歩けるカンテラ、部屋に置いて使うタイプのテーブルランプ、どっちも巻き芯型。菜種油《なたねあぶら》はさすがに燃料用アルコールより暗いので、真鍮をピカピカに磨《みが》いた反射鏡をつけて明るくしてある。

「グラス」

ワイングラスとシャンパングラス、ビールジョッキをどん。透明なものと、色を被《かぶ》せて切子《きりこ》を施したもの。どうせガラスを吹くならと、勢い余って作りました。

「こっちは傷がつきやすいから、普段使うならこっちを推奨《すいしょう》。熱いものはダメ」

鉛《なまり》ガラス――いわゆるクリスタルガラス。屈折率が高くて透明度が高いきらきら。一応、問題になるほどの鉛成分溶出はないとされている。

ソーダガラスは俺の認識では普通のガラス。珪砂《けいさ》にソーダ灰と石灰などを混ぜて作られたガラスだ。ガラスとしては軽くて丈夫、普段使いならこっちだ。

瑠璃《るり》色はコバルト、酸化銅はスカイブルー、濃い赤は銅、明るい赤は金。紫と緑はまだ材料を手に入れてない。

レッツェがなんか足を半端に浮かせて、仰け反るような変な姿勢で固まっている。

「どれにする？」

「うん、わかった。ノートを呼んでこよう」

「なぜ!?」

ひどい！　あと多分ノートはまだ帰ってない！

「こんな色のガラスなんか見たことねぇよ！」

「いや、あるぞ。赤いグラスは俺買ったし。それに家の中のものはノーカンだって、ノートもディノッソも了解済みだ」

疑わしそうなレッツェの視線を真っ直ぐ受け止める俺。本当ですよ？　レッツェが視線を外して、棚に飾ってあるナルアディードで買った赤いグラスを見る。

「――こっち見たあとじゃ、あのグラスは濁《にご》ってる」

深いため息と一緒に吐き出すように言うレッツェ。

「お前、居間は2階にした方がいいんじゃねぇ？　3階でもいいけど」

レッツェの視線が扉と薪、棚に移って、机に並んだものに戻る。薪の配達は定期的に頼んでるが、家の外に積んでもらって自分で階段下に運んでいる。だが、急な来客がないとも言えないし、レッツェの言う通りに1階は作業場にして、2階に移すのもいいかもしれない。

でも2階は一応、家具を入れて客室にしてあるんだよな、客の予定ないけど。ベッドマットは3階でどったんばったんやりました。

「ん、ちょっと考える。でも2階じゃ来づらくないか？」

「1階が店舗の家は多いし普通だろ」

なるほど。日本でも2階のリビングが増えてたし、そんなもんか。うーんでも、台所と倉庫を考えると、やっぱり階段上るの面倒だな。よし、棚の一部に戸をつけて隠そう。あとは人用の扉を開けて、すぐに中が見えないように衝立《ついたて》を1枚置こうか。

「そろそろ、残ってた奴らの、バルモアへの当たりが落ち着いてきたぞ、一緒に森に行ったらどうだ？　あんまり開くと今度はアメデオたちが戻ってきそうだし」

レッツェの言う、残ってた奴らというのはもちろん、ローザの取り巻きのことだ。カヌムに残った連中はディノッソたちを勧誘しようと、ここしばらくギルドにべったりだった。ローザたちもせっかく北へ誘導したのに、ディノッソ――バルモアの名に惹《ひ》かれて戻ってくる気配だ。

「ディノッソたちに、森の奥に行く予定あるかな？」

ティナやエンとバクを中心に、ウサギ狩りでもいいけど。

「お前が行くって言えばできるんじゃね？　予定が」

「レッツェは？」

「どこまで行くかによるけど、俺は足手まといで行く意味ねぇだろ」

やる気のなさそうなレッツェ。

「俺のお手本、お手本」

「俺だけ命がけになりそうで不穏、不穏」

「一緒に子守りしよう、子守り」

「子供も奥に連れてく気かよ」

レッツェが呆《あき》れてる風だけど、2、3年で迷宮に連れ込むスパルタ計画立ててるからね？ あの夫婦。カヌムに来るために、万年雪のかかる山越えしてるし。頂上は通らなかったらしいけど、餌《えさ》がなくて馬が越えられない場所を、【収納】とディノッツォの火の精霊で暖を取ってゴリ押しだったらしいからね？

伝説な感じの冒険者の行軍《こうぐん》を見てみたいというのもあるけど、それとは別に、やっぱりレッツェの行動はとても勉強になるので一緒に行きたい。

「下手すると強さはともかく、子供たちは俺よりたくましいかも」

「お前は思ったより子供っぽくってびっくりだよ、近くにいるとやらかしが酷いし。そのうちディノッツォが胃薬欲しがるんじゃゃね？」

酷いことを言われている!?


「ジーン！」

子供3人の声が被って俺の名を呼ぶ。さっそく森に行かないか聞きにお宅訪問。

「こんにちは」

「いらっしゃい。この間はありがとう、よく切れて助かってるわ～」

抱きついてきた子供たちを順番に受け止めて、最後に奥さんにハグ。農家では子供たちを持ち上げてぐるっと回すとかやってたんだが、さすがに家の中でも道《そと》でもできない。

「待て。よく切れるって？」

「気のせいです、気のせい」

「ふふ」

最後になんか不審そうな顔をしたディノッソと、肩を叩き合うような軽いハグ。この家族がハグが好きなのは、ディノッソとシヴァ、どっちの影響なのかな。奥さんと執事には俺の打った包丁を渡している。いや、俺じゃないぞ？　執事がそっと交渉してきたんで、家からの最初の流出は執事の責任です！　奥さんには普通にご機嫌伺いで渡したけど。

「夕ご飯食べていけるかしら？　ディノッソが獲ってきた鹿なんだけれども」

「お願いします」

久しぶりの奥さんのご飯。

「鹿だー！」

「ようやく食べられる～」

そう言ってなぜかディノッソに突撃する双子。ワイワイと騒がしい感じは、ぽつんと一軒家に住んでいた時と同じ。あの雑然として、でも整っている空間はなくなったが、すぐに居心地のいい家に変わるだろう。

シヴァの料理は、ハーブから作ったナップスという蒸留酒《じょうりゅう》とジュニパーベリーを混ぜたものに、半日漬け込んで焼くやつだって。乾燥保存してあったジュニパーベリーを見せてもらったらなんか黒い。元はブルーベリーみたいな色なのかな？　【鑑定】したら、酒のジンの匂いつけの材料と出る。ジュニパーベリーは独特の風味。名前にベリーってつくけど、ストロベリーやブルーベリーとは違った風味で甘酸っぱさはない。強い香り、ほどよい苦味と若干のスパイシーさ。飲んだことないけどジンはこんな感じなのかな？　シヴァはこれでお茶も作るそうだ。

「俺の奥さんの料理は美味いからな～」

そう言いつつ肉を焼くのはディノッツソの仕事だ。

居間の暖炉は家族が多いので俺の家より大きくしてある。薪を燃やす格子状の台があって、赤く燃える炭を火かき棒で手前に広げ、肉をセット。ぐるぐる回すアレだ。ステーキみたいな形状の時は五徳《ごとく》を置いて網を載せたりもするんだけど、暖炉で肉だとデカイ鉄串に刺してくるくるですよね！　家族が多いからできることでもある。1人だと食べ切れない。

暖炉の前に座って、子供たちの相手をしながら肉を焼くディノッツソ。その間に他の準備をするシヴァ、皿を運ぶ俺。肉の焼き汁を受けた鉄トレイを取り出して、シヴァがクリームを混ぜてソースを作る。準備完了かな？　肉の焼き加減もいい感じ。

「はい」

切り分け用の包丁をディノッツォに渡す。肉の配分はこの世界では家長の役目なのだ。

「おい。待て、これ……」

俺が献上したナイフは、見た目からして、刃の部分がその辺のナイフとは違う。俺に触ると切れますよ！　と主張している刃だ。

「あなた、子供たちが待ちきれないわ～」

にっこり笑って全部を言わせないシヴァ。非常時はともかく、通常運転の家の中で一番権限があるのは奥さんなのだ。諦《あきら》めろ。

ディノッツォに切り分けてもらって、いただきます。ナップスとジュニパーベリーの風味がほんのりと効いて美味しい。

「美味しい」

筋肉の繊維《せんい》がほぐれるように崩れる鹿肉とクリームソースがよく合う。付け合わせはそら豆のチーズ焼き？　茹でたそら豆をニンニクとオリーブオイルで炒めて塩で味つけ、山羊のチーズをかけたもの。

「そら豆は旬《しゅん》には早いわね、でも初物だから」

シヴァが言うように、成長するにはまだ寒いのかちょっと小ぶりなそら豆。でも綺麗な翡翠《ひすい》色。ディノッソは育ちかけのこれを、生で食べるのも好きだ。

そういえばチーズって、基本的に冬の乳で作るんだって。夏の乳は脂肪分が少ないしバクテリアが多くて、チーズ作りには向かないようだ。この時期のチーズは新しくってまだ柔らかい種類。山羊のチーズって少し苦手なんだけどこれは美味しい。唐辛子を入れてちょっとピリ辛にしてもいいかな、黒胡椒とか……。香辛料を色々シヴァに届けよう。

人に作ってもらう料理は美味しい。

「ここにいると俺も家族が欲しくなる」

「ティナがお嫁さーん！」

「僕もお嫁さーん！」

「じゃあ、僕はお婿《むこ》さーん！」

ぽつっと言ったら、笑顔でティナと双子が立候補。

「ダメ！　ダメ！　ダメェーーッ！　お父さんはんたーい！」

ディノッソがすぐさま反対する。

「えー！」

「えーー！」

「えーーーー！」

「なんで～？」

「なんで、なんで、なんで～？」

「なんで、なんで、なんで～？」

いつもの流れでディノッソと子供たちの掛け合いが始まる。俺がどうこうよりも、ディノッソお父さんとのやり取りが嬉しくて楽しいのだろう。双子は意味わかってないっぽいしな。

「あらあら」

俺の差し入れたワインを飲みながらまだ肉を食べているディノッソに、食べ終えた子供たちがワーワー言いながらしがみつく。

「そういえばアッシュさん、女性だったのね～。あの服はジーン？」

「うん」

アッシュの服はズボンのサイズを直し、シャツの腰を絞って開襟《かいきん》の裾《すそ》が長めのものにしたんだけど、アッシュがシャツをズボンにインするのでベストも作りました。

後ろから見ると男装の女性に見えないこともない。正面からだと腰が細めな男に見えるのは、どうしたらいいんだあれ。胸か怖い顔のどっちかをなんとかしないといけない気がする。これから女性っぽくなるんだろうか？　凛々《りり》しい上にあの性格、ちょっと不安になる。

ディノッソに魔物狩りについていっていいかを聞いたら、じゃあちょっと準備して奥に行くか、という了承の答え。天気がよければ5日後に出発。

問題が1つ。

翌日、レッツェに相談する俺。

「馬で行くって。アッシュと執事は絶対乗れるし、ディーンとクリスは城塞都市まで馬だって言ってたし」

ディノッソの子供3人も普通に乗れるので、俺が馬に乗れないなんて全く思っていないらしくですね……。

「え、乗れないのか？」

「ってことは、レッツェも乗れるのか」

俺だけか、俺だけ乗れないのか。レッツェも乗れないいんじゃないかと期待を込めて聞きに来た。いや、ディーンたちと仲良さそうだし、乗れるんだろうなーとは思ってたけど。

「そりゃまあ、冒険者はフットワークが軽くないとな。護衛《ごえい》の仕事もあるし、この街のギルドだって魔物の氾濫《はんらん》の兆候で冒険者を呼び寄せたろ。金になる話に乗るには移動も含めて速さが勝負な時もある。俺みたいに一処《ひとところ》にいつくのもいるけど」

「必須教科か何かなのか！」

馬を買う金がなくても飼う場所がなくても、貸し馬屋があるので問題ないのは確かだ。大人しいロバだって貸し出してるし。日本の田舎で車が必須っぽいのと同じか？　免許なら取ったけど、この世界には当然ながら車がない。

「俺だってここにいつく前は、周辺の街や村、主要な場所には情報収集の顔つなぎを兼ねて回ってる。一度も乗ったことねぇの？」

国際情勢っぽいことにもやたら詳しいと思ってたら、昔からそんな根回しを。

「鹿ならある」

「普通、そっちの方がねぇよ！」

真面目に答えたのにツッコミを入れられた。

「……まあ、鹿に乗れるなら馬もいけるだろ。鹿に乗ったことねぇからわからねぇけど、馬より鹿の方が簡単ってことはねぇだろ。貸し馬屋の中でも大人しいのを選べばいい。いざとなったらエンかバクに乗せてもらえ」

体重的に馬に負担がない選択をするとそうなるよな。

「カッコ悪いけど仕方ない。あとで乗り方を――。あ」

「なんだ？」

「馬に心当たりがある」

「どんな心当たりだよ。乗せてくれそうな馬なのか？」

喜んで乗せてくれるかは微妙だけど、一応俺が契約している。無理強いはしたくないけど。

「そう。馬に断られたら、ユキヒョウに頼んでみる」

正しくはユキヒョウに、鹿に乗せてもらえないか頼んでみる、だけど。

「待て。ちょっとついていけなくなったぞ？」

組んでいた足を解き、座り直してレッツェが言う。

「大丈夫、ディノッソが行くのは森だって言ってたし。ついていける、ありがとう解決した」

森の中なら多分、馬の行動範囲内だと思うんだ。

「いや、そうじゃなくて……」

「おう！　来てたのか」

ディーンが2階から下りてきた。手に袋を提《さ》げている。軽そうだし、洗濯物だろう。この家の3人も、執事オススメの洗い物屋を使っている。

「俺も洗濯物まとめないと」

明日は洗い物屋が顔を出す日で、洗濯物があれば回収していってくれる。シーツやらひっぺがして袋に詰めておかないと。紹介された洗い物屋は精霊憑きがいるそうで、指名には普通の倍の値段がかかるが、ちゃんとふんわり真っ白にしてくれる。

「あ、明日ディノッソから仕事の誘いがあると思うから、ディーンもクリスも都合つくようならよろしく」

「おう、どこにでも行く」

ディーンがどさっと洗濯物の袋を入り口付近に置き、カップを持ってきて椅子に座る。

「レッツェも」

1回断られてるけど、駄目元《だめもと》で。

「……森の中で、馬で行くとこっていったら廃坑《はいこう》か」

お？

「興味がおありですか？　今ならもれなくこのワインつき」

先ほど差し入れに持ってきた壺に向かって、両手を広げてみせる。ディノッソの家に持ってったワインと同じものだ。もれなくこれがついてくるというか、もう渡して、レッツェは今現在飲んでいるわけだが。

「どういう勧誘だよ。すでにお前がやらかす未来しか予想できないからついてくよ。その前に乗馬の練習な」

さらりと釘を刺してくるレッツェ。

「俺、参加ね。それにしてもジーン、乗れないのか？　意外だな」

宣言して壺からワインを注ぐディーン。

「日が決定してるんなら、貸し馬屋に大人しい馬の予約取っておいた方がいいぞ」

からかわれるかと思ったら、そんなことなかった。

「明日本当に誘われたら全員分の馬を予約しちまおう。1頭は明日からでも練習ってことで、同じ馬を押さえとけば慣れて楽だろ」

「うう。頑張る」

鹿に乗った時はツノに掴まって跨《また》ってただけだからな。牛とか豚とかは世話したことあるけど、馬は触ったことがない。

「慣れないと尻の皮が剥けるぞ」

「ええっ！」

ディーンがニヤリとする。なんというか、魔物の討伐《とうばつ》より大変じゃないですか？　試練すぎる。ナルアディードの拠点の整備も進めたいけど、馬が最優先だなこれ。

島では無事に目をつけた場所を手に入れた。一番見晴らしのいい場所に、戦争の名残で崩れかけた城塞があった。廃棄されて長い上に島自体の人口が少なくて安かったので、そこを改装することにしている。アラウェイ家の仲介がなくてもいけた気がするが、お陰で話が早かった。

改装というより建て直しだが、俺はあんまり頑張らないで各職人さんを雇うつもりだ。関わる場所だけの設計書を渡して、全体はわからないように分散するつもりだけど。

俺を知らず、規格外になる家と関わった状態で、どう噂が広まるかの実験も兼ねている。まあ、回復薬の時は薬の効果で話題になる感じだったので、家もそうなる気はするんだけど。

例えるなら、商品名は有名でも製造会社を大多数が知らない感じだね。う○い棒とか。俺が認識されるのを最小限に抑えるために、間に1人置きたくてそれで迷っているんだけど。設計書だけガリガリ書いとこう。


朝起きてリシュと散歩。

朝飯の仕込み。リシュと遊ぶ。

畑の手入れと家畜の世話。リシュと遊ぶ。

昼までは各種素材集め。森の修行場に行って、魔法の訓練がてら石柱を壊して珪石《けいせき》を集める。ソーダー灰、石灰石、錫《すず》やら鉄の各種鉱物、材木などは面倒なので、素材の取れる現地で注文済み。希望の量が集まるまで時間がかかるだろうけど、急いでいないのでいい。で、時々森の精霊の名付け。

昼飯は乗馬の授業料代わりにレッツェとアッシュたちと。レッツェが教えるって言っていたのに、教師役でアッシュと執事も参加するようだ。午前中、冒険者ギルドで会ったんだって。

「相性を見ようか。どの馬がいい？」

「えーと」

そういうわけで貸し馬屋です。馬車を引く種類の馬だとか、荷物を運ぶのが得意な馬だとか、速い馬だとか。カヌムは冒険者が多いため、音に驚かない軍馬も少数ながら扱いがある。

生で馬を見る機会がほとんどない俺でも、明らかに体型が違うことがわかる。アッシュは馬が好きなのか、この馬はどこどこの野生種を飼いならして定着させたとか、こっちは毛艶《けづや》が素晴らしい種だとか説明してくれる。貸し馬屋のおっさんが「俺より詳しい」と言って後ろに下がってしまった。

「行く場所を考えると軍馬の方がよろしいのですが、気が荒い馬も多うございますので、今回は大人しく従順な馬を選ぶべきかと」

執事の言う通り、乗れなければ本末転倒。なお、軍馬は借り賃がお高い。

青毛、栗毛、白馬……、近くで見ると大きいな。興味深そうにこっちを見ている馬、スルーしている馬。馬屋のおっさんとアッシュの助言を聞きながら、1頭の馬を選――、

「野放し!?」

馬がぱっかぱっか歩いてくるんですが。

「わ、すみません。コイツは脱走癖がある暴れ馬で、飼い切れずに回ってきたとこなんです」

そう言っておっさんが馬を宥《なだ》めようとし、脱走に気づいた他の従業員も2人集まってきた。

馬は蹴《け》る真似をしたり、耳を後ろにきゅっと絞って、口を突き出し、歯を剥き出す。

「こっちに向かってくる時は機嫌がよさそうだったのにな」

レッツェが俺を引っ張る。

「なんだ？」

引き寄せられた理由がわからず、レッツェを見る。

「見てる」

「見てるな」

「見ておりますね」

俺の疑問には答えず、真っ直ぐ前を見ている3人。視線を追うと、馬とばっちり目が合った。

そのまま宥めようとしてる店の人を振り切って俺の元へ。

「やっぱりか」

「なぜですかな？」

「ジーンは色々なものに好かれる」

理由のない変な納得はやめてください。

「暴れ馬は困るんですけど」

鼻をすり寄せてきてもダメです。

「禿《は》げるからやめてください」

今度は髪をむしゃむしゃし始めた。アッシュたちはそれぞれ馬を選び、馬場に出る。俺は暴れ馬がついてくるので選べなかった。

「一度、乗ってみたらどうだ？」

レッツェがくれた手拭きで、ありがたく髪を拭かせてもらう。

「この馬にはまだ鞍《くら》を置いたことがないんだが……」

「掴まるところとかないと無理です」

おっかなびっくり馬具をつけていく店員さんたち。俺もつけ方を教えてもらいながらちょっと手伝う。

「鐙《あぶみ》はどうする？」

「要《い》ります」

鐙は馬に乗る時に足を乗せておくもので、当然セットだと思ってたんだけど、こっちでは一部つけてると恥ずかしいという人種がいるらしい。自転車の補助輪扱い……っ！

「鐙があれば馬上で剣を振るい弓を引く時に安定する。伝統で命は守れない。有用なものだ」

一周してきたアッシュが馬上から。そう言いつつ、遠乗りとか戦闘がない時は鐙なし派だそうです。

「暴れ馬」

「ルタです」

馬に話しかけたら、店員から名前を告げられた。

「ルタ、俺は馬に乗れないし操れない。俺の意を汲《く》んで自己判断で頼む。あとなるべく揺れないように」

ルタに頼んでたらレッツェからツッコミが入った。

「無茶振りすんな」

「私が手綱《たづな》を引きますので、お乗りになってください」

一通り馬の扱いの説明を受けたあと、執事がにこやかに言う。身体能力的に乗れるけどさ。

2人乗りで教えてくれるとかじゃないんだ？

「ではゆっくり歩かせてみましょうか」

「ルタ、よろしく」

ゆっくり歩き出すルタ。

「……早駆け」

「ルタ、頼む」

軽快に走り出すルタ。視線が高くなり、いつもより見通しがよく気持ちがいい。

「ストップ、他の馬に乗れなくなりますよ。きちんと覚えましょう」

「う……」

にこやかな執事に圧を覚えてやり直し。

「足で馬腹を軽く圧迫して、手綱を馬の動きに譲ってください」

頑張りました。最後にテストだと言われて、他の馬にも乗った。ルタが暴れた。

「覚えが早《はよ》うございますな」

「馬が大人しいからだろう」

「……」

全員の視線がルタのいる馬房《ばぼう》に向いた。

「馬が好きな匂いでもしてるのかね……」

腑《ふ》に落ちない顔をして呟くレッツェ。

「ジーン、明日は一緒に遠乗りをしよう」

「おう」

アッシュのお誘いで、外にお出かけすることになった。弁当を作らねば。

「しかし尻より太ももが痛い」

ディーンから利き手と同じように利き尻があって、そっちが剥けると聞いたんだが。ガセ？

「つけとけ」

レッツェが軟膏《なんこう》っぽいものを放ってきたのを受け止める。【治癒】があるから平気なんだが。この痛みもどちらかというと筋肉痛。筋肉痛にも【治癒】が作用するんだけど、治そうと思わなければ1時間くらいは痛い。前にヴァンに聞いたら、元の状態に治すのではなくて成長を伴うからだって。確かに運動して筋肉がつかないのは困る。


約束の遠乗りは、森とは反対の西の方向。太陽を背に、俺とアッシュが並んでぱかぱかと駆け、執事はちょっと離れてついてくる。天気がよくてよかった。

俺はルタ任せで走っているので風景を楽しめる。麦や豆の畑が広がって、それのない場所には羊と山羊の姿。時々木々が生えているが、多分薪を得るために最低限残してある分。緩《ゆる》い丘が続き、遠くに見える稜線《りょうせん》が空と大地を分けている。

「あそこまで早駆けして、休憩にしよう」

「ああ、昼になるしちょうどいい」

アッシュの指差す先には、丘の上にまばらに生える木々。

アッシュの手綱捌《さば》きは見事――多分。俺に力量がないのでよくわからないんだが、馬に乗る姿が綺麗だ。後ろで結んだ長い髪が風に吹かれて泳ぐくらいにはスピードが出ている。

ルタ任せの俺とは違うね！　乗るのは鹿より楽なので問題ないんだけど、ちょっと情けない。

あっという間に駆けて、目標の木に辿り着く。

「ありがとう」

馬を降りて、まずはルタの労をねぎらう。俺がアッシュの馬と並んで走れたのは、どう考えてもルタのお陰。荷物を降ろして、水筒と馬用の桶《おけ》を取り出して水を注ぐ。ルタが水を飲んでいる間に蹄《ひづめ》に何か挟まってないかチェック。タオルを濡らして汗を拭いて、軽くブラッシング。

「帰りもよろしく」

あとはご自由に。

軽く嘶《いなな》いて、近くの美味しそうな――たぶん――草の生えた場所に歩いてゆくルタ。アッシュと執事の馬は近くの木に繋《つな》がれ、まだブラッシングをされている。

一瞬繋いだ方がよかったかと思ったが、まあいいかとすぐに思い直す。何をどう気に入ってくれたのか、呼べば来るし。下手すると引き綱を引きちぎったり、馬房の柵を後ろ脚で蹴って壊すから、繋ぐのはあまり意味がない。

座りやすそうな場所にシートを広げ、バスケットを開ける。執事がお湯を沸《わ》かすために火の

準備をしている。乾燥対策で載せてあった木の葉をのけると、中にはサンドイッチとおかず。

「ジーンの作る食事は見た目も綺麗だ」

覗き込むアッシュの顔が近い。

「好きなだけどうぞ」

「む……」

好評だったカツサンド、アンチョビバターを塗ったハード系のパンに、たっぷりの卵とカマンベールチーズみたいなのを詰めたタマゴサンド。バゲットにローストビーフと玉ねぎとクレソン。

アッシュが最初に手に取ったのはタマゴサンド。

「ノートも」

「お言葉に甘えまして」

こちらはローストビーフサンド。

「辛めの白ワインを持ってきたけど、一応ビールもある」

こっちのビールをお手本に作ったやつ。水代わりに飲むものなのでアルコール度数は低い。大麦で作り、ラズベリーを混ぜたもの。松脂、パン粉、セージ、ラベンダー、カモミール、ローレル、ヤマモモ、クジラの結石まで色々なものを混ぜるのが流行っているようなのだが、ちょっと色々勇気がなくて無難《ぶなん》なラズベリーを選択した。

「ワインで」

「はいはい」

酒を飲んで馬に乗るのは飲酒運転になるのだろうか？

俺もタマゴサンド。アンチョビバターの塩気、隠し味にちょっとの蜂蜜《はちみつ》。マヨネーズと卵はふわっと、チーズはクリーミー。大人っぽい味にするには黒胡椒を挽いてもよかったかな。

スッキリした白ワインに合う――ような気がする。これはナルアディードで買った白ワイン、あと1年もすれば日本の成人に達するので食料庫の酒に手をつけられる。ちょっと楽しみ。

「これも美味しい。海老《えび》だな？　香ばしい」

「こちらも。油の始末に少々困りますが、うちでも揚げ物をやってみましょう」

唐揚げ、冷めてもサクサクなオニオンフライ、川海老を殻《から》ごとすり身にして春巻きの皮で包んでカラッと揚げたやつ。

サラダ代わりに、トウモロコシの粉で作ったトルティーヤで鳥肉と玉ねぎとチーズを巻いたもの、同じくキャロットラペと千切りキャベツとハム。玉ねぎはスライスして塩揉《も》みしたけど、これとキャベツはアッシュと執事の生チャレンジ。タンポポの若葉とかは生も食べるみたいだし、イケると思う。って、執事はもうクレソン食ってるな。

「一応、ちゃんと街で手に入る食材で作った」

アンチョビはノーカンにしてください。あと売ってるのは確認したけど、卵とか小麦粉とか食材はうちのです。

肉巻きおにぎりとか、彩りにトマトとか使いたいのに我慢した食材の数々よ。まあでも米も含めて様子を見ながらかな？　食べつけないものがメインで出ては辛いだろう。ナルアディード周辺ではパエリアみたいなのがあったんだけど、山を越えた大陸側では見ない。

「ジーンは好きなものを作ればいいと思う」

いきなり怖い顔でアッシュが言う。なんか後ろに渦巻く暗雲のような効果がこう……。唐揚げの刺さった串を握りしめてるけど。

「今は力不足だが、きっとジーンが好きなものを作っても、色々なものから守り切れる強さを手に入れてみせる」

「お嬢様……」

ノートが小さく呟く。アッシュ、宣言が男前すぎる。あと、色々俺の立場がこう、ね？　俺、多分強いんだけど。強いよね？　不安になってきた！

遠乗りから帰った晩、集まったのはディノッソ、レッツェ、ノート。今度の遠征の打ち合わせだ。

「と、いうわけで宣言されたわけだが。俺って弱いのか？　世界の基準はどこ？」

「惚気《のろけ》はよそでやれ」

真剣な表情で手札に見入っているレッツェ。

「お前、世界の基準ってなんだ」

「お嬢様は、騎士生活が長《なご》うございましたので……」

ディノッソと執事は、カードを見るともなしに見ている感じ。

「一応、今ならこの街を更地《さらち》にできると思うんだけど」

「さらりと嫌なカミングアウトしやがった！」

「ノート？」

「――対応の範囲外でございます」

ディノッソ、レッツェ、ノートと机を囲んで、トランプに似たカードゲームをしている。いや、今度の遠征の打ち合わせですよ、打ち合わせ。2階にゲーム部屋作ろうかな？　カードゲームって、なんか四角ではなく丸テーブルでやってるイメージあるし。

「お前、弱いというより、あんまり戦うというか、命のやり取りするイメージねぇなあ」

カードを替え、一瞬渋い顔をするレッツェ。

「台所か井戸端で鳥を捌いているイメージだな」

「家を清潔に保っているイメージでございます」

否定はできない。

「特に必要がないからやらないだけで、俺だって布団作るために鳥の虐殺《ぎゃくさつ》とか普通にしてるぞ。ベット」

カードを引いて、コインを1枚追加。

「戦う理由がふわふわしてるんだな。……と、チェック」

レッツェはコインの追加なし。

「レイズ。まあ、ぷっつん来て更地にする前に相談しろよ？」

ディノッソは倍賭け。

「大量破壊兵器宣言を前に危機感が足りない気がいたしますが……、ご人徳でしょうか。コール」

執事も同じだけコインを中央へ。人畜無害で有名だった日本人ですよ。

「フォーカード」

「うわっ。弱気《チェック》はブラフかよ」

そう言って机に投げ出したディノッソのカードは、キング3枚、5が2枚のフルハウス。

「なかなかでございますね」

執事の役も同じくフルハウス、ディノッソよりいいカード。

俺？　俺はツーペアです。

「急ですまんが、出発を明後日に早められねぇ？　ディーンとクリスには話してある」

負けたディノッソがカードを新しく配る。

「可能かと思いますが、何かございましたか？」

「ジーンが言ってたローザ一派から、ニーナってのが来た」

「ローザ一派って……」

「早いですな」

「疾風《しっぷう》の精霊の魔法を受けて、一番足の速いのが来たらしい。2、3日中にはローザとやらが着くそうだ」

「ああ、それで出発」

合点した俺。

「勇者が召喚《しょうかん》された話って知ってるか？」

「ああ、それも知ってる」

というか当事者に近いです。

「喚《よ》ばれた勇者は4人、だがどうやらその中の1人はチェンジリングらしい」

他の2人が頷いたのを確かめて、話を続けるディノッソ。

「チェンジリング？　〝取り替えっ子〟だっけ？」

妖精と赤ん坊の。

「普通は、精霊が肉体《にく》を持った不完全な聖獣と、人間の子との取り替えだ。聖獣が自分で身を守れるほどに育てばどこかへ消える。ダイレクトに精霊が姿を写す場合もあるな。だが、勇者のチェンジリングは違う」

カードを伏せて、ブランデーのグラスに手を伸ばすディノッソ。

「元の世界に残してきた愛する者の写し身、ですか。人の記憶は曖昧なもの、それにずっと姿を思い描いているなど不可能。不完全なそれは安定《ちから》を得ようと精霊を食らうと聞きますが？」

「実際に精霊を食らっているところを見た者がいるそうだ。ニーナの話じゃ、すぐ始末されて誰がチェンジリングかわかんねぇそうだ」

なんで4人いるのかと思ってたら、そんなことになってたのか。作られたの誰やねん、姉と取り巻きの兄妹以外だろうから、消去法で見ればわかるだろうけど。

「それは勇者ごと始末する話にはならない？　魔法ガンガン使ってて迷惑って聞くけど」

俺はコーヒー。サイフォンをようやく作った。部屋にコーヒーのいい匂いが漂う。

「なんねぇな。勇者は国にとって有益だし、精霊が魔物化するのは人の住まない遠い土地って考えだろ。辺境にいるこっちとしては飯のタネだし」

「そう言えるのはディノッソが強いからだ。俺なんかは強い魔物が増えるのは肝《きも》が冷える」

肩をすくめるレッツェ。

「勇者は神を育てると言われ、実際、強大な風の神の影響はこの世界に今も色濃い。ちょっとやそっとでは国もそこに住む国民も手放すことはしないでしょう」

執事が補足してくれる。

「ニーナは真面目にそのチェンジリングをなんとかしたいらしいが、外から聞こえてくる噂を合わせると、ローザとやらは退治を建前に王都に乗り込んで王族を引きずりおろしたいんだろうな。だが、もう少し勇者たちがやらかさないと、建前としちゃ弱い」

絡まれて面倒なのか、面白くなさそうな顔でブランデーをあおるディノッソ。

「チェンジリングを早いうちになんとかしときたいとこだろうが、国の自業自得なところがあるからな。今はエンに絡まれるのは避けたいし」

ディノッソは家族最優先を宣言している。国よりも何よりも大切なのだろう。誰がチェンジリングかわからないなら、勇者ごとまとめてなんとかすればいいのにと思ってしまう俺とはえらい違いだ。

「愛する人って言うくらいだから、見ればいちゃいちゃしててわかんねぇのかね？」

組んだ手の上に顎を載せてディノッソを見るレッツェ。

「勇者の世界の関係が由来だったり、望み通りに変化した関係だったりで、外から見た印象は当てになんねぇんだわ。んで、今回のカップル2組、兄妹・姉弟の2組だとさ」

面倒くさそうに言うディノッソ。

「あ、それ弟が偽《にせ》」

カップルはわからんけど。

「いや、でも姿どころか性別が変わることもあり得るか。やっぱり見ないとわからないかな」

なんか変な設定作ってるってことはないと思うけど、姉の友人2人のことはよく知らない。姉は自分大好きだし、そう変わってはいない気がするけど【美貌】とか【若さ】とかつけてそうだ。男の方はなんか自信満々だったから、いきなり幼女になってるとかそういうことはないだろう。女の方は色々言いかけてはやめる系だったのでよくわからんけど。

「忘れてくれ。近づく気はないからわからん。無意味だった」

配られた手札に目を戻す俺。

「名前はハルカ、ヒサツグ、ユカ、ジンだそうだ」

レッツェがカードを替える。

「あー。確定確定」

おざなりに返事をして、俺もカードを2枚捨てて2枚引く。

テキサスホールデムでも流行らせたら面白いだろうか。手札が最初から5枚って、小学生の頃やったポーカーだなこれ。わかりやすいけど、運の要素が強くて高度な心理戦とはいかない。やめよう。駆け引きじゃ俺が負ける未来しか見えない。

それにしても、姉が俺を愛してるとは思えない。でも執着はされてそうではある、所有物だと思ってるくさかったからな。……なんか心から従順な弟に改変されてそうで気持ち悪いな。

「――勇者召喚は、４人喚ばれた、で合ってるか？」

視線は俺に向けたまま、カードを替えるディノッツォ。

「勇者は３人、俺は巻き込まれ」

「能力的には同等ということでしょうかな？」

執事は1枚交換。

「さあ？　俺はものを作る方に全振りだし、祝福を受けた神も違う」

「かつて魔の森にリシュという神がいてだな……」

レッツェが半眼になって言う。

祝福を受けたのはリシュからだけじゃないし、元の条件も違うけどね！

「戦闘スキルに傾いてたらお前より強いのかよ……。戦い方に慣れる、育ててる神が強くなる前に倒さないとやばいんじゃね？　よっぽどのことがない限り、勇者のチェンジリングは勇者によって守られるって聞くぜ？」

ディノッツソ。

「ジーン様は勇者たちを放っておかれてもよろしいので？」

執事。手番にならないと話せないルールでもあるのか？

「そもそも世界は、勇者が早々に自滅しても強くなってもいいようにできてるっぽいし」

空気を読んで手番で発言しますよ。

「まあ、3、4人でガラッと世界変えられても困るけどよ。フルハウス」

「勇者は世界の安定のために喚ばれるって聞く割にゃ、毎度なんか起きてる伝承が残ってるな。フォーカード」

ディノッツソの言うように、例えばあの図書館の元になった本の収集癖のある為政者《いせいしゃ》の国は、勇者が現れた年代に滅びている。この世界の文明が発展しないのは、定期的に破壊が行われて衰退するからのようだ。そして大昔の話が残るのは精霊が長生きだから。

「大神《たいしん》となられた風神ランダーロは姿を消しましたな。ストレートでございます」

笑顔で手札を広げる執事。どいつもこいつも強い役ばっかり揃えおって！

「安定は暮らしのため、じゃなくて精霊の、だな。精霊が偏ると人の生活に影響が出るから一緒だけど。精霊が増えすぎたり属性が偏ると一極化が進む。勇者が精霊を消したり強くしたりするのは、一極化で息が詰まる前に換気するようなものなんだろ。――ロイヤルストレートフラッシュ」

でも今回は俺の勝ち。

「ああっ！　おま、ここで最強揃えるとかやめろ！　あと換気とか言うな、換気とか」

「煙突が詰まると、部屋の空気が体に悪いものに変わると聞きますが……」

「ノートは真面目に考察始めるな」

ディノッツォが１人で何か忙しそう。

「身近なものに例えられると、世界規模の問題がいきなりハードル下がるな。お前、強く見せたいならその辺なんとかした方がいいぞ」

「小難しいことを喋れということか……」

レッツェの言葉に、頑張って小難しい例えを探す。

例えば酸素中毒。ある程度高分圧の酸素を長期にわたって摂取《せっしゅ》し続けることによって、体に様々な異常が起こり最悪の場合は死に至る。ただ圧力もあって、低圧にすれば問題は生じない。空気が世界で、酸素が偏った精霊で、圧力が物質とかそういう、こう……。

「まああれだ。全部の属性の精霊が平均的に増えて、物も増えれば問題ないっぽいけどな」

小難しい例えを諦める俺。

物質と精神のバランスがどうこう言ってたけれど、こっちの世界はバランスが取れているようには見えない。風と光の精霊が多すぎるし、意外に精霊が見える者が多い。バランスを取るには精霊を減らすか、物を増やすか。勇者がやってるのは前者、俺がやってるのは後者。

物を増やすのがこの方向でいいのかわからないけど、建物がにょきにょき生えてた帝国が長い歴史を誇った記録があるので、いいんじゃないかな、と。

ちなみに勇者の力で突出して強くなると、精霊は物質化《せきか》する。風の大神はもうこの世界にはおらず、精霊の力が凝《こご》ったその石は勇者召喚の道具として使われたという記録を見つけた。

石化を止める方法は、他の属性の精霊の影響を受けること。そうとわかっていても、精霊が力を取り入れ眷属《けんぞく》を増やすのは本能なので、自分ではやめられない。

図書館に籠もって色々調べた結果、俺はせっせと物を作って、細かい精霊と契約を結び、勇者たちが何をしようが放置することに決定した。

物質が増えれば勇者召喚自体の必要がなくなるだろうし、あっちは無視して商売を頑張ろうと思う今日この頃だ。力が分散するように、大量の細かい精霊と属性の偏りがないようにせっせと契約を結んでいるけど、リシュが石化しないように気をつけないと。家で他の属性の神々と交流しているし、大丈夫だとは思う。

　勇者3人分の力が流れ込んでいる光の玉は、石化するんじゃないかな？　祝福をした神がいなくなったあとの勇者がどうなったかの記録は少ないけど、少ないが故に、国からどんな扱いを受けたか想像がつく。人々を癒《いや》したり災害から守った勇者はちゃんと記録が残っていることが多いし、その辺は普段の行いですね！

「なんか悪い顔してるな？」

「気のせいです」

　レッツェのジト目が続いている。

「局所的にはた迷惑ではあるが、放置しといた方がいいってことか」

「直接的な被害がない限り関わらない方がよさそうですな」

　ディノッソのため息と執事の困惑。

「最初のディノッソの結論に戻っただけだろ」

　俺は俺の周りが平和ならそれでいい。

「戻ったけど、色々知らなくていい知識が確実に増えたからな？　特に巻き込まれ野良《のら》勇者の情報は、俺ら3人、胃薬を買う話になりそうだからな？　1人で涼しい顔しない！」

「イタタタタ」

レッツェがほっぺたをつねったんですけど、酷くないですか？　あと野良勇者とか言うな！

「ずれてると思ったらルフじゃなくて異世界人かよ」

「ヤバイ情報だらけだった気がする」

「勇者たちとの関係を伺っても？」

「黙秘します」

姉との関係は、未だ俺をイラっとさせる。

「情報過多で処理し切れないし、ツッコミ切れねぇ」

レッツェたちがこぼしながら帰っていった。


俺も火の始末をして、家に【転移】。リシュが駆け寄ってきたのを撫でて、暖炉の火を熾《おこ》す。燃え果てているように見える薪は、炭になって燻《くすぶ》っている。新しい細い薪を置いて、火かき棒で空気を送れば簡単に燃え上がる。

なんか目新しい物を作り出すこと、精霊が見えて強いこと、その割に情緒が育っていなくて利用されるのではないかということ。色々狙われる点を並べ、自覚するよう口を酸っぱくして言われた。俺としては色々オープンにして、さあどうだと驚かれるのに身構えていたのだが、驚くよりも心配する方が先に来たみたいだ。

すでに勇者は3人いるし、精霊が見える者は俺の他にもいる。物作りはするつもりだが、ジーンとして表に出るつもりはない。回復薬は今更だけどね。

レッツェはヤバイ情報だらけだと言ったけど、一番ヤバイのは契約した精霊を人に知られることだろう。下手したら精霊憑きで揃えた一軍とかできるし。

リシュと綱引きをしてしばらく遊び、風呂に入って寝る。

本来、風の大神が石化するのを待つべきところを、リシュは戦ったらしい。その戦いで風の大神の石化が早まり、リシュも力をつけ、次の召喚を行う神に決まった。

そしてリシュは異世界への道を通すことに失敗して、力の大部分を手放した。わざとかな？　わざとな気がする。うちの子賢いから。リシュの籠に手を伸ばし、ちょいちょいっと撫でておやすみなさい。

翌日。朝のルーチンは変わらない。今日は畑にパルとイシュが、果樹園にカダルがいた。

「精霊が石になる前兆《ぜんちょう》ってあるんですか？」

「まず、言動がおかしくなり、姿を消せなくなる」

表情を変えずにカダルが答える。

「ミシュトとハラルファは大丈夫ですか？」

彼女ら2人の属性は光だけではないけれど、光の玉より早く石化してしまうのではないかという不安がある。

「おや、心配してくれるのじゃな。可愛らしい」

「うをっ！」

いきなり俺の背後にハラルファが現れ、耳に息を吹きかけられる。飛びのいて距離を取る俺。胸の谷間、細い腰、丸い尻、張った太もも、それらを強調する服。楽しそうに細められた目に、ニィッと両端が上がった唇。

「これ、揶揄《からか》うでない」

「相変わらず堅いのぅ」

ブラッドオレンジの実をつけた枝を眺めていたカダルが、ハラルファを窘《たしな》める。

安全圏はカダルの後ろか。いやでも、美女から隠れるのは男としてどうだ？

「お主が予想よりはるかに多くの精霊と契約しておるでな、我らの眷属が増えておるのじゃ」

「眷属が増えれば力の器も広がる。少なくともナミナより先に石化することはない」

なるほど、俺が契約した精霊が、同じ系統の強い精霊の眷属になってゆくのかな？　でも光の玉ってなんで育つんだ？　与えられた能力を使うと、その力を与えた神も強くなるって聞いたけど。能力を使うと周囲の精霊の力が流れ込むとか？

「物質と精神は？」

「今は精霊が多すぎる、このまま増やせばよい。だが建物のつなぎは感心せぬ。精霊の宿る灰を混ぜるか、蜂蜜と小麦粉を使うがいい」

などと意味不明なことを言って、姿を消すカダル。

聞けば答えてくれるけど、守護した神は勇者の行動《のぞみ》を制限してはいけないそうで積極的な指示はない。逃げた精霊と契約してくれって頼みだけかな。それもカダルは注意したみたいだけど。俺も全部聞いてしまうとがんじがらめになりそうなんで、必要最低限にしてる。自分で調べた方が楽しいし。

「ほほ、あの堅物が照れておる。珍しいものを見たぞぇ」

カダルが消えた場所を見ていたら、背後にハラルファ。

「明日の準備しなくちゃ！」

慌てて逃げ出す俺。逃げ出したあとは、家の中で明日の出発の準備だ。

回復薬よーし！　シートと寝袋もどきの天日干《てんぴぼ》しよーし！　【収納】の中のもののチェックよーし！　家畜の餌の買い置きよーし！　弁当以外のリュックの中よーし！

特に買い足したいものもなく、あっさり準備完了。しばらく日本食が食べられない気がするので昼は魚介にしよう。

お寿司、お寿司。柵に寝かせておいた魚の皆さんの出番です。ショウガよーし！　山葵《わさび》よーし！　もみじおろしよーし！　万能ネギよーし！

鯛《たい》は新鮮なものと、昆布締めにして寝かせたものの2種類、前者はコリっと味は淡泊《たんぱく》、後者はねっとり甘い。春子鯛《かすごだい》も旬。スミイカ、ヤリイカ、コウイカの食べ比べ。イカは透明に近く、綺麗だ。【探知】のお陰で寄生虫を処理できるのが素晴らしい。

サヨリはちょっとショウガを載せて。引いた皮は香ばしく焼いて、箸《はし》休めにパリッともぐもぐ。ヒラガイ、ホタテ。ホタテは浮気してバター焼き！　バターと醤油《しょうゆ》って食欲を煽《あお》るよね。ガリと緑茶で口の中を流して再び寿司。活タコと吸盤《きゅうばん》はもみじおろしとポン酢。白甘鯛はきめ細やかな身質、この寿司飯は少し酸味を強めに変えて。クロマグロの赤身と中トロ、大トロはそれぞれ厚みを変えて。寿司飯はふわっと板に置いたら隙間が埋まって、ネタの重さで沈む。美味しい海苔《のり》と新鮮なキュウリで河童《かっぱ》巻き。千切りにしたキュウリにゴマ、海苔の香りがいい。お吸い物はハマグリの潮汁《うしおじる》、ハマグリはぷっくりと膨《ふく》れて、汁は青味がかった乳白色。

1人寿司を堪能、これで自分じゃない誰かが握ってくれたら最高なのに。イクラは用意したけど、もうお腹いっぱいなんで、そのうちイクラ丼にしよう。サクも全部使ったわけじゃないので、しばらく寿司セットは【収納】に常備。

夜はラーメンにしよう、そう思いながらちょっと食休みして図書館に【転移】。建物のつなぎってなんだろ？　灰やら蜂蜜やら謎すぎるけど、言ったのがカダルなんで、とても気になる。

崩れかけた寺院の中に入り、案内を乞《こ》うこともなく進む。どうやって知るのか、年老いた僧は通路の前でいつも俺を出迎え、姿を現した図書館の精霊に祈る。

図書館に籠もって数時間、つなぎは隙間材のことだと判明。

石と石を積んだ時に接着剤としてモルタルや漆喰《しっくい》を入れてたんですが、どうやらそれが蜂蜜と小麦粉らしいです。うん、却下！

いくら精霊が寄りつきやすくて、建物がなぜか長持ちする不思議現象が起こってもダメ！　日本人のメンタル的に……っ。100歩譲って、森に建設予定の小さな家なら試してみてもいいけど。あそこ街中より精霊多いし。

灰の方も判明。ツォラ火山の火山灰と石灰、火山岩、海水を混ぜて作る。この火山灰が海水によって溶解した時に生まれる結晶が強いらしい。

ツォラ火山はあれだ、風の大神の前の大神――精霊が住んでた場所だそうで、今も眷属だった精霊が多く、塵《ちり》のように細かいのが灰に混じっているのだそうな。

断然こっちです。最初から精霊入りか、あとから精霊入りかの違いかもしれないけど、蜂蜜と小麦粉は蟻《あり》がたかりそうだ。

よし、廃坑から戻ったら、火山灰集めをしよう。島の家は海に面した建物になるし、海水《しお》に強いならちょうどいい。

カダルが言いたかったのは、物と精霊のバランスが大切ってことだろうか。物を作っても精霊が生まれたり、入り込める余地を残すこと。

ガラスの色とかは日本の知識で作っちゃったけど、もうちょっと精霊混じりな方法や素材があるのかもしれない。これからは、それらしい場所や物ではまず精霊を見るようにしよう。

日本でも金のかからない逃げ場所として図書館によく行ってたせいか、ここはすごく落ち着く。もうちょっといたいけれど、今日は早めに帰って明日の弁当を作らないと。

司書さんに挨拶をして図書館を出る。最初、この崩れかけた寺院は心配になったものだが、よく見ると崩れてはいけない壁や柱は全部無事だ。どうやらわざと崩してあるらしい。

わかるようになったのは、俺の家作りの知識が増えたからだろう。わざとなのはわかったけれど、お布施《ふせ》はちゃんとしてゆく。


家に帰って、リシュと遊んで夕食。計画通りラーメン！

豚と鳥の雑味を限りなく取り除いた出汁《だし》と、鰹節《かつおぶし》が効いた魚介出汁の混合、醤油。麺《めん》は中太ストレート。チャーシュー、メンマ、海苔、半熟よりは固めの茹で卵。チャーシューは箸で摘むと崩れそうなほど柔らかい。とにかくいい匂い！

副菜はパリパリの羽根が生えた焼き餃子。これは以前、たくさん作っておいたもの。そして、一緒に食べて罪悪感を軽減する野菜。加熱したキャベツに、ニンニクのみじん切り、すりゴマ、砂糖、塩、ゴマ油を和《あ》えるだけの手抜き。お好みで鷹《たか》の爪少々。

熱々に冷たい炭酸水、幸せ幸せ。

あ、明日は豚の角煮を持っていこうかな。醤油を使ってるから外では叱《しか》られるか。食材の選定が面倒すぎる、早くいろんな野菜を出回らせないと。

食材の下処理をしたり、その他の準備を終えて風呂に入る。しばらく入れないだろうからゆっくり楽しもう、そう思っていたら珍しくリシュが来た。バスタブの側面に足をかけて「何をしてるの？」的にこっちを見上げてくる。

まだ小さいからバスタブの中は見えない。ちょっと湯をすくってリシュの鼻先に持ってゆくと、匂いを嗅いで納得したのか、それとも興味を失ったのか、新しい遊びを探して風呂場から出てゆく。リシュは扉の通り抜けをするので、家の中も外も自由自在なのだ。たぶん壁も抜けられるけど、そこはお行儀がいい。

3章　坑道と家族

少し早く起きて、シーツ類をひっぺがして、脱ぎっぱなしの服と一緒に洗濯袋に詰め込む。

リシュと日課の散歩、そのまま畑の見回りをしていくつか収穫。家は水路というか小川が縦横に走っているので問題ないんだけど、俺の家のある国は夏に雨が降らないから青菜《あおな》の季節は秋から春にかけて。青物って夏のイメージがあったけど、冬の方が種類が多い。

果樹の植えてある場所ではオレンジとレモンを収穫。こっちもなんとなく春とか夏のイメージがあったけど、みかんと同じく冬が旬。自らの名を色の名にした果実、稀少《きしょう》で高価らしいです。ついでにみかんも収穫。家畜に餌をやって、鶏小屋から卵を失敬。

お腹が空いたところで朝ご飯、リシュには水と、本日は豚のロース。自分にはご飯と味噌汁、焼き鮭《ざけ》、卵焼き、万能ネギたっぷりの豆腐、お漬物。由緒正しい朝ご飯、どの辺でこの形ができたのか知らないけどな。

コートを羽織って【転移】。集合場所はレッツェたちが住む貸家。ディノッソ一家は俺の家を通り抜けてくので、まずはそれを待つ。

コーヒーを飲んで図書館から借りてきた本を読んでいると、裏口が叩かれた。扉を開けると俺と同じように洗濯物の袋を抱えたディノッツソ。

「おはよう」

「おう、調子はどうだ？」

「至って普通」

ディノッツソに道を譲って一家を中に招き入れる。

「おはよう、ジーン！」

ティナの両手を挙《あ》げたハグのポーズに、屈んで合わせる。

「おはよう！」

「おはよう～！」

ティナのあと、バクとエンにも流れるようにハグ。

「おはよう、よろしくね」

最後はシヴァにハグして、扉を閉める。

ほどなく全員合流、袋を担いで全員サンタ。洗濯屋経由で貸し馬屋に行くのでこうなった。

冒険への旅！　という風では全然ないけど、帰ってきて洗濯物にキノコが生えてても困るし、しょうがない。

「おはよう。なかなか酷い集団」

「しょうがねぇだろ」

ディーンが言う。君もサンタなら俺もサンタだ状態。

今回、城塞に寄らずに行く予定なので、洗濯物だけじゃなく、旅のための荷物も多い。ローザたちと鉢《はち》合わせしないようにギルドにも寄らずに行く。ギルドの仕事ではないし、届け出は廃坑のそばの馬を預けるところで出すんだそうだ。

出さなくてもいいけど、出しておくと行程の倍の日数が過ぎて戻らない場合、坑道に入る他の冒険者に行方不明者がいると伝えてもらえる。

「おはよう、ジーン」

「おはよう」

アッシュが俺の作ったコートを着ている、執事もだけど。

眉間《みけん》に皺《しわ》がなければ男装した女性に見える。胸はないけど腰から尻にかけてのラインが丸く。

アズか？　アズが頑張っているのか？　失礼だとは思いつつ、ついチェックしてしまう。

全員揃ってわいわいと貸し馬屋へゆき、頼んでおいた馬を引き出す。

「ルタ、よろしく」

図書館で馬に関する本も借りた。積んだ荷物の中にはルタの餌もあるので、よろしくお願いします。馬は草食で、自然界では6時間くらいもぐもぐしている時間があるらしい。ご機嫌で顔を擦《こす》りつけてくるルタに角砂糖をあげる、馬は甘いものが好きだ。

「うわ、賄賂！」

ディーンがちょっと笑いながら言うけど気にしない。ティナと双子の俺を見る眼差《まなざ》しがどうなるか、ルタにかかってるんだよ！

華麗にルタに飛び乗って、出発。あんまり馬が多いのもなんなんで、子供たちはシヴァとクリス、レッツェに分乗中。ディーンとディノッツォは重いから馬の負担にならないように。筋肉め！　俺もいつかはムキムキに！

俺が除外されてるのは、乗れなかったことを自己申告したからだ。危なく、アッシュか執事に分乗させられるところだった。遠乗りも行ったし、回避回避。

俺以外はディノッツォたちと何度か討伐をしているので、子供たちも慣れたもの。

「おおおおっ」

「ふっ」

特にクリスはバクに懐かれたらしく、すごい勢いで顎の割れ目を擦られている。ふっじゃない、ふっじゃないだろうそれ、赤くなってるぞ？

思わず顎の精霊がどうなっているのか見たら、対抗して擦ってた……。いやもう、俺以外の見える奴らはなんでスルーできるんだ？

「バクをひっぺがして注意したんだぞ？　だが、クリスの方が顎をいじられるとなぜか落ち着くと言ってだな……」

後半すごく目を逸《そ》らしながらディノッツォが言い訳してきた。それ日常的に精霊にぐりぐりされてるからじゃ？　いや、子供の躾《しつけ》をスルーしたと思ったわけじゃない。

「ジーン、カッコイイ！　あとで一緒に乗せて～」

「あらあら」

シヴァの腕の中からティナが賞賛の声をくれる。

「ダメ！　お父さん以外の男と2人乗りなんて許しません！」

シヴァと俺の間に馬を割り込ませるディノッツォ。

「お父さん、横暴～！」

「横暴～」

「おーぼー！」

ディノッツォ親子は通常運転。

「ジーンが混じると王狼一家の気が抜ける……」

「えっ？」

これが通常じゃないのか？　レッツェの言葉に思わず疑問の声を上げる。

「うむ、リラックスしているようだ。ジーンといると心が軽くなる」

あれ？　もしや【解放】さんが仕事をしている？　アッシュの言葉にちょっと能力が影響を与えているのでは？　という疑惑が頭をもたげる。

「俺は悩みが増えたがな」

レッツェの言葉でもたげた頭は寝た。

「バクもあんな感じなんだろ？」

結論、俺のせいじゃないと思います。


道中こんな感じで、馬たちに水を飲ませるため川やら池へ寄り、多少蛇行しながら真っ直ぐ目的地を目指す。そろそろ弱い魔物の出る領域に足を踏み入れているが、襲ってくるものはない。ディノッソとシヴァの精霊が交代で威嚇《いかく》しながら先行しているためだ。

「この辺に出る魔物は小型の猿の魔物だ。14、15匹の群れが最大だってのは、レッツェが調べてくれてる。20を超えると危ねぇけど、馬みたいなでかいのや、こんだけの集団を向こうから襲いに来ることはまずない。ただ、ばらけると狙ってくるからあんま離れないようにな」

川辺で休憩、ディノッソの注意を聞いてなるべく集団行動。まあ、他の面子《めんつ》の反応を見るに、注意は俺と子供たち対象なんだろうけど。

ルタに他の馬から離れないよう言い聞かせ、川辺でお茶の準備。高低差のない森を、小川が浅く緩やかに流れている。この川は雨の少ない夏場になると消えてしまうこともあるらしい。

川で顔と手を洗ってスッキリする。その間に執事とレッツェがあっという間に火の準備。こういう準備の早さは、俺では２人に及ばない。

「ジーン！」

「おう、果物食うか？」

ティナが抱きついてくるのを受け止めて聞く。

「僕も食べる～」

「僕も食べる～」

「食う、食う」

エンとバクに続いてディノッソが答え、ティナを俺からべりっと離す。

「まあじゃあ、全員ちょっと味見を……」

「高っ！　お前はまたそういうものをっ」

オレンジを出したらレッツェに叱られた。大丈夫、こっちの世界のオレンジだ。バカ高いけどお金持ちは食ってるのを知っている、セーフのはず。

「ジーン様。冒険者に限らず、振る舞われたならともかく、普通は日当より高いものを仕事中に食べません」

執事から笑顔で教育的指導。——すみません、人数分詰めてきてしまったので消費してください。執事に指導を受けつつ、森の縁を北東に進む。

だって家に鈴生《すずな》りだし、日本のスーパーのイメージもあるし。日本での価値観を払拭するのはなかなか難しい。確かにカヌムはオレンジが育つにはちょっと気温が低い、せめてみかん？

それは置いといて、この辺では城塞都市が森に切り込むように一番東にある。目標の廃坑は城塞都市のさらに東の森に埋もれている。城塞に寄る予定はないが、森の奥では馬があんまり進めないので、時間を考えると森の縁を進むこのルートが一番早いのだ。

水場の関係で真っ直ぐ向かってるわけでもないし、整備された街道もないから記憶と地形頼りだ。大まかな方向はともかく、途中の森の中にある池の場所とかよく覚えてるなと感心しきり。一番詳しいのがディーンとクリスで、通っていた目的が娼館でさえなければ。

普通は遠回りでも街道を行くけれど、ある程度強くて狩りが上手ければ森に近い方が水にも食料にも困らない。街道筋にある宿屋とかぼったくりだし、芋洗いのように部屋に詰められるし。それでも屋根と壁があるのはありがたい、あの島での生活を考えるとそう思う。

一度、結構大きな猿の集団に遭ったけど、最初の数匹を倒したら出てこなくなった。

「黒い色の猿の群れは、１匹を倒すとその群れ全部が執拗《しつよう》に追ってくるから気をつけろ」

ディノッソが子供たちに教えるのを真面目に聞く俺。黒い猿は避けられるだけ避けよう。

「もっと南にいるピンク色の猿は、一番色の薄い猿を倒すと恐慌《きょうこう》状態になるのだよ！」

ビシッとポーズを決めるクリスにお子様大喜び。クリスは子供に人気、オーバージェスチャーを面白がってるだけでなく、たぶん子供相手でも大人の時と態度を変えないから。

レッツェも執事も、３人が見ていると、手順がわかるよう説明を挟みながらいつもよりゆっくりこなす。ディーンも気のいい兄ちゃんみたいな感じで相手をしている。アッシュは怖い顔にならないように頑張った結果怖い顔になっている。それでも子供たちの方が慣れたらしく、だんだん交流が増えてきた。

こんな具合に、子供たちに便乗学習する俺。


「いいか、ジーンをお手本にするなら、普通に戻れない覚悟を決めろよ？」

真面目な顔で子供３人に言い聞かせるディノッソ。

「なんかひどい」

「私も同意見でございます」

笑顔の執事、それはディノッソに？　俺に？

ハンモックを設置してみたんだが、どうやらアウトだったらしい。でも空模様も怪しいし、地面に近いのはちょっと不安、森だしロープを結ぶ枝には困らない。設置は簡単、オオトカゲのシートの端に並ぶハトメにロープを通して両端をキュッと絞り、ロープを木にかけただけ。

「しかしながら、これについては戻らずともよい気にもなっております」

さっさと真似してハンモックにしている執事。その上にロープを張って、シートをかけてタープを作るのも一緒。シートは大小1枚ずつ、全員に渡っている。リュックともどもご愛顧《あいこ》いただいています。オオトカゲの革は丈夫でちぎれたり破れたりがほぼないんで、とても便利。

「戻った」

「お魚がたくさん獲れたわ〜」

「またやらかしている気配がする……」

アッシュとシヴァ、レッツェ。

本日の食材調達班はこの3人と、ディーンとクリスの5人。獲れなくてもそんなに困らないだけのものは各自持ってきているけど、腹一杯食えるならそれに越したことはない。

「留守の間に寝床の用意はしておいたぞ」

「いやもう寝床とか言われても見たことない風景がだな」

レッツェが呆れ気味。森にお子様大喜びの一角が出来上がったことについては同意する。

「たっだいま！　クロジカ！」

「大物なのだよ！」

ディーンとクリスが肉を抱えて帰ってきた。皮を剥《は》がしてすでに処理済みなため、俺には元の判別がつかないんだが。

「おお、素晴らしいですな」

「お帰り、お疲れさま」

執事と俺とで肉を受け取る、魚はシヴァとレッツェにお任せ。

「で、なんだここ？」

「なかなか個性的だね！」

ちょっと半眼になってるディーンと、笑顔であたりを見回すクリス。

「揺れるの、楽しい！」

「ベッド！」

「寝床！」

きゃっきゃとはしゃぐ子供たち。

「こら！　今は危険な外で野営中！　楽しむのもいいけど、やることをやる！」

子供を叱るお父さん。いくら人数が多く、魔物が近づいてこないとしても、少しの油断が酷いことになる可能性がある。叱るべき時に叱れるのはいいお父さん。

「はーい」

3人分の返事を残して、他の手伝いにパタパタと走ってゆく子供たち。

「あらあら、これの犯人はジーンね？」

うっ！

「悪気はない」

絶賛目を逸らす俺、子供3人がはしゃいでるなって微笑ましく見ていたのは俺です。

「いいのよ、これは快適そうだし、最初から完璧にできる方が怖いもの。叱って教えられるのは親の特権。ただ、ジーンもうちの子たちみたいに警戒心がないみたいだから――」

笑顔で気をつけなさいとシヴァに注意される俺。

「お前、作業に夢中になると魔物が出ても気づかなさそうだしな」

ディノッソにも駄目押しをされる。

ディーンもクリスも騒がしいし楽しそうだけど、魔物の気配に敏感ですぐに対処ができる。

というか、俺と子供たち以外の全員が差こそあれ対応できる。

18年間日本で培《つちか》ってきた警戒心のなさは、なかなか治りそうもない。精霊に危険物のお知らせを頼めるし、いざとなったら【探索】をかけっぱなしという手もあるけれど、せっかくなので人がいるうちに学習しなくては。

焚《た》き火を囲んで夕食。

シヴァが香草をすり込んだ魚が遠火で炙《あぶ》られ、串の先につけられたベーコンやチーズが焼かれる。鹿肉も少々。ただ大部分は寝かせて柔らかくするために俺が保管中、新しいのは固いのだ。ディーンやディノッツォは固くてもいいみたいだけど、今日は魚もあるし。

正直に言おう、内緒で麹を持ち込みました。鹿肉に塗りたくってます。魚用に昆布も持ってきたけどな！

今回は馬なので、行きの荷物が多少かさばっても平気なのだ。馬たちのいる場所にもシートをかけてある。最初は馬カバーというか、馬の背にかける寒さ避《よ》けを作ろうかと思ったのだが、種類によっては暑く感じてしまうかもと風避け雨避けに落ち着いた。燕麦《えんばく》の入った袋の口を開けて木にくくりつけてあるので、ルタたちも美味しくモグモグしているはず。

真っ暗な中、パチパチという焚き火の音が響き、オレンジ色の火があたりに陰影を作り出す。

「チーズとハム～」

「ベーコン！　チーズ！」

「チーズとベーコンと鹿！」

「楽しそうで何よりだが、警戒しようぜ、警戒」

同じ間違いはしないぞ、俺はちゃんと警戒している。あと野菜も食え。

問題は【探索】を使わず自力の場合は、さっぱり気配がわからないこと。チーズをうっかり落とさないように慎重に溶かして、串の先を引き寄せてパンに載せてパクリ。

チーズは当然ラクレットチーズ。スイスで暖炉で溶かすといったらこのチーズだ。そのままだと俺の感覚では臭いんだけど、焼くと臭いも緩和《かんわ》され——いや、広がるけど、とろけたところとカリッとしたところが混じってとても美味しい。

焼いた玉ねぎにかけてよし、蕪にかけてよし、ベーコンにかけてよし、何にかけても美味しい。匂いがどうしてもダメなら、パセリやバジルをかけるのも手だ。

「俺の知ってる野営と違う」

「しばらく冒険者から離れているうちに便利になったのね。他にも何か変わったのかしら？」

ディノッソとシヴァが戸惑っている。

「最近流行の野営ですな」

微笑む執事。

「流行ってんの⁉」

「主にこの面子で」

魚に手を伸ばしながらレッツェ。

「お前かっ!?」

ばっと俺を見るディノッツソ、ばっと顔を背《そむ》ける俺。犯人を特定するのはやめてください。

「ハンモックはツノありのオオトカゲの革だし、くるまってた方がこの辺の魔物に対しては安全かもしれないとかなんとか」

視線を逸らしたまま性能説明する俺。オオトカゲの革はかなり丈夫なので、多少の攻撃は防いでくれる。

「小鬼は火を使うから絶対じゃないが、反撃するなり逃げるなりの時間には余裕ができるな。あとオオトカゲとかはっきり言うのやめろ」

レッツェの補足に、思わずホイル焼きを想像した。小鬼は猿の魔物のことだ。

「今更でございます、が」

「人が全力で気づかないフリをしてたっつーに、バラすんじゃねぇよ」

「どう考えても私たちが狩ったものと、量が合わないからね！」

微妙な微笑みを浮かべる執事と、ベーコンつきの串の先をぷらぷらさせて俺に向けるディーン。周囲のタープとハンモックを見渡すクリス。

「む、これは……」

我関せずでマシュマロを焚き火にかざすアッシュ。

「木苺のジャムあるぞ」

チョコレートとかバナナも投入したいが、叱られそうなので自重中。アッシュは甘いものが好きだけど、酸味があればなおよし。苺と生クリームの組み合わせがイチオシのようだ。

「爆弾発言しながら絶対目を合わせない男がいるよ」

気のせいです、レッツェの声は聞こえません。

話しながら綺麗に食べて、食事の後始末。俺と子供たち、ディノッソとで、臭うものは魔物や肉食獣はもちろん、ネズミなどが寄ってこないように川に流しに行く。

子供たちと手を繋いで歩く真っ暗な森は、どこか肝試し大会を彷彿《ほうふつ》と……しない。明かりがないことに慣れている子供たち、ディノッソ《ちちおや》がいれば暗かろうが森だろうが安心している気配。

戻ると杉っぽい青々とした葉を焚き火にくべて、臭い消し兼虫除《よ》けをしているレッツェ。

「雨が降るみたいだし意味ないだろうが、虫除けに下に置いとけ」

白い煙の上がる枝を渡され、それぞれハンモックの下に設置。ハンモックはいざという時に降りやすいように膝《ひざ》の高さくらいにしようと思ったのだが、雨の気配が濃いので腰の高さ。

慣れずにバランスを取ろうと力むと疲れるけれど、身を任せればだるんといい感じ。そのままシュラフ——袋になってないけど——にくるまっておやすみなさい。

俺の見張り番は、最後から3番目。見張りをしたらそのまま起きて、家に行くからもう寝る。

早寝早起き！　起きる時間は朝というには早すぎるけど。眠りに落ちる間際、シートを打つ小さな雨音がポツポツと聞こえてきた。寒そうだけど、眠くなった俺の耳に心地いい。

「じゃあよろしく。これおやつ、昨日の残りだけど。鍋の中身も自由にどうぞ」

俺の次の見張り番はシヴァ。

「あら、ありがとう。あとで作り方を教えてね」

「はいはい」

雨が降って、ちょっと冷えるので焚き火にはスープが鎮座《ちんざ》。渡したおやつはマシュマロ。こっちのゼラチンは仔牛の脚や牝仔牛の蹄で作る。まあ、膠《にかわ》があるならあるよね。

ただゼラチンはお菓子に使われるんじゃなくって、蛙肉や鶏肉を潰して、ゼリーで固めるような料理に使われるのが主流。女性たちの間で「噛《か》むのははしたない」という謎の風潮が一時期あったらしく、流行ったんだと。その場合、丸飲みなんだろうか？

俺は普通に食料庫の粉ゼラチンを使ったので、シヴァに教える前に蹄を煮詰めるところから1回作らないと。

「雨なのに行くのね？」

「ああ」

リシュの散歩に加え、家畜の世話もあるから急がないと。

一応、様式美として雨避けにフードを被り、森の中に入って視線が届かないことを確認して【転移】。家でリシュの出迎えを受けながら、手を洗って顔を洗う。そしてトイレ。こっちは晴れてちょっと白んだ空に星が出ている。この世界にも明けの明星《みょうじょう》とかあるのかね？

リシュがどこかから拾ってきた長い枝を咥《くわ》えてよたよたと前を歩く。山の木々は新芽をつけて、葉より先に花が咲くアプリコットやプラムの花がもう綻《ほころ》び始めている、生《な》るのが楽しみ。

梅はもう花盛りで、あたりにいい匂いを漂わせている。花梅じゃなくて完全に食べる用だけど、清廉《せいれん》な白い花が目を楽しませてくれる。

畑の手入れと家畜の世話。鶏から卵、牛から乳をもらって【収納】。うーん、鶏はともかく、他の家畜はほぼ毎日世話がいるのでちょっと大変。

ああ、ナルアディードの島の家ができたら、使用人を雇って世話をさせようか。よし、そうしよう。代理人というか家令というか、普段切り盛りしてくれる人を雇いたいんだよな。商人たちとやり取りしてくれる人。でも人を見る目に自信がまるきりないのでどうしたものか。

野営地に戻ると、レッツェと執事も起き出して、シヴァと朝飯の用意を始めていた。今日はスープ以外はお任せ。

アッシュも起きていて靴の手入れをしている。

「おはよう、ただいま」

「うむ、おはよう」

「お帰りなさい」

「お帰りなさいませ」

「おはよう、チビども起こしてくるか」

レッツェがそう言って腰を上げる。すぐに騒がしくなる野営地。

「ほらほら、顔を洗ってらっしゃい」

シヴァの言葉に元気よく返事をして川に向かう子供たちとディーン。後ろから眠そうにあくびをしながらディノッソがついてゆく。

本日の朝食はパンとチーズ、干し肉、ソーセージ、スープ。こっちの人ってあんまり朝飯に手をかけない。家にいる時はこれに卵料理がつけば上等の部類。薪がもったいないのだろう、スープも冷たいままというのがざらだ。

温かいスープを飲みながら、パンを焚き火で炙る。干し肉はシヴァのお手製で、牛肉を調味液に漬け込んで乾燥させたもの。ちょっと香りに癖があるけど、食感や塩気は生ハムに似て、でも噛めば噛むほど味が出る。

ちょっとチーズはハードタイプで苦手なやつだったけど、ソーセージも焼き色がついて見た目からして美味しそう。飯の時間は至福！

「美味しい。人に作ってもらうとさらに」

「ジーン様にそう言われるのは光栄ですな」

「美味しそうに食べてくれて嬉しいわ」

執事とシヴァ。レッツェはちょっと眉毛を上げただけ。

ハンモックやシートをしまって、ルタたちに水を飲ませ出発。子供たちがいるせいか、野営地の問題なのか、結構行程には余裕があって、朝の出発の時間も遅め。こんな感じで道中は順調、何事もなく廃坑に到着。

「廃坑だけかと思ったら砦《とりで》もあるのか」

「砦はこの坑道が稼働してた頃の名残だが、今も普通に使われてる。まあ、料金徴収所《ちょうしゅうじょ》だな」

レッツェが説明してくれる。

ここは生産量が落ち、魔物が棲《す》みついたこともあって廃坑になった。魔物が住みついたことによって、鉱物が魔鉱《まこう》化した。具体的に言うとアッシュにもらった魔鉄とか、魔銀とかが採れる。危ないから普通の坑夫は入らず、俺たちのような冒険者が入る。

それに目をつけた鉱山の持ち主である城塞都市の領主が、入場料を取ってるらしい。金はかかるけど馬も預かってくれるし、便利。

「馬があれば、持ち帰れる量も多くなるしな。松明《たいまつ》の用意がいるのが難点だが」

ディノッソが言う。ああ、ピンと来なかったけど中は暗いのか。どう進むんだろ？

ディノッソとレッツェが代表して手続きを行い、その間に俺たちは必要な荷物をまとめ直して、砦にいる男から松明を買う。レッツェが荷物にカンテラを入れてたけど、松明使うのか？保険かな？

「ルタ、留守番よろしく」

角砂糖をあげて首を叩く。暴れたり逃げ出したりせず大人しくしておいて欲しいところ。

「ちょっと気難しいかもしれないけどよろしく」

「へえ！　こりゃどうも、気をつけときますよ」

馬の世話係にも心づけを渡してルタのことを頼む。

「お前、借りた馬なのに甘やかしてるなあ」

ディーンに呆れられたけど、心配なものはしょうがない。

坑道の入り口は整えられ、壁が崩れてこないように木で補強されている。山を掘ったものではなく、地下鉱山。

「ここに出るのは主にミミズ、甲虫の幼虫類、ネズミだな。大物はイラドッつーツノ持ちの牛と鹿の中間みたいなヤツ。魔物が地面を食い荒らして地盤がやばくなってることがあるから気をつけろ。あとなんでジーンは棒持ってるんだ？」

入る前にディノッソが簡単に注意事項を口にする。

「松明調達の係の人にもらってきた」

ここの魔物はどいつも土も石も食って、腹の中に魔鉱石《まこうせき》を貯めてる、その魔鉱石が目当てだ。最初はガンガン石を掘り崩すのかと思ったけど違った。ツルハシ用意しなくてよかった。

「棒なんかもらってどうするんだよ」

「中で使うだろ？　床、コンコンもできるし」

あとカンテラを提げるのに便利だし。聞かれたので答えたら、なんか呆れた眼差しを向けられた。ディーンには普段の狩りで、俺が無意味に枝を振り回している現場を見られている。今回もそう思われている気配、おのれ。

松明に火をつけて坑道を降りる、緩やかとは言えない坂だ。ウォームグレイっぽい岩肌、時々赤錆《あかさび》色。入り口から離れると光源が松明に変わったせいで、色はあまりわからなくなった。

松明を持つのはレッツェとティナ。子供たちは3人疲れたら交代で、レッツェは俺と交代。

「湿気がすごい」

「うむ、外とは違うな」

アッシュも坑道は初めてなのか、あたりを見回している。

「タイミング悪く雨が降ったからな。水没してる通路もあるんじゃねぇかな」

レッツェ。地中に染みた雨が坑道内に溜まるらしい、場所によっては地下水や温泉も。なかなか水が引かないので、昔は奴隷《どれい》が汲み出していた。鉱物を溶かした水は有毒なことが多くって、有毒なガスが発生することも。鉱山の奴隷は犯罪奴隷で使い捨てだったそうだ。

特に一酸化炭素は空気よりやや軽くて、無色、無味、無臭で危険。まあ、火災が起きるような真似をする坑夫は今いないので平気？

こっちの世界でも毒ガス検知に小鳥《カナリア》を持ち込んだりするんだろうか？　いや、むしろダイレクトに人間だな。可哀想《かわいそう》な小鳥はいない。

ディノッソと執事がその辺の小石を拾っている。普通の鉱物も落ちてるのかな？　俺には普通の石に見える。反則して【鑑定】しちゃダメだろうか。

坂を下りきって、平らになった坑道の床は水で濡れ滑りやすくて厄介。掘ったあとはごつごつしてるんだけど、歩道だったところは角が取れてつるつる。昔は板が敷いてあったのか、朽《く》ちたものが砕けてちょっと残っている場所もある。

「うをっ」

足元を黒い物体が走り抜けてゆく。

「おっと」

ディノッソが先ほど拾っていた小石を弾《はじ》く。

松明の明かりが届かない先で、ギッ！　っと嫌な声が上がって気配が消えた。あれか、小石はネズミ用の武器か！　絶対当てられないやつだ！

ネズミは怪我《けが》をしていたり、寝ているところに集団で寄ってきて齧ってくるとか、大量に湧いていて物量で襲ってくる。だが、普通に遭遇《そうぐう》すると逃げる。素早くて倒すのは大変そう。

ティナが松明で鳴き声が上がった場所を照らす。尻尾を抜いても40センチはありそうな黒いネズミが、血の泡を吹いて倒れているのが目に入る。額にぷっくり盛り上がりが見えるので、ツノなしの魔物のようだ。

「餌ができたな」

「少しネズミ狩りをして数を稼ぎますかな？」

「とりあえずツノと腹の中確認するわ」

レッツェが解体を始めるみたいなので、松明を代わりに持つ。

「おう、よく見とけ。この兄ちゃん上手いぞ」

ディノッソが子供たちに向かって言う。

解体っていうか解剖《かいぼう》かな？　魔物のツノは、最初は頭骨の角座というへこみに丸い状態で載っている。鹿だと角座は逆に出っぱってるらしいんだけど。ツノなしからツノありへの変異というか変身というかは、この丸いのが頭蓋《ずがい》と融合しつつ皮膚を突き破って伸びてくるそうで、結構衝撃的らしい。

レッツェがツノというには丸いそれを採取して、心臓に魔石がないか、腹に魔鉱石がないか確認。相変わらず無駄のない手捌きで、汚れも少ない。

子供たちが興味津々といった感じで、真面目に覚えている。さすが家畜を飼って、鶏も自分たちで締めていた農家の子。俺もだいぶ慣れたけど、ウサギや鹿みたいに食い物になるものか、オオトカゲみたいに見慣れないファンタジーな生き物以外、実はまだちょっと苦手だ。

もう少し奥に進んだところで、ネズミを餌におびき寄せるという作戦が決行された。ネズミの死体を放っておいて、休憩とも言う。

「なんか風がある？」

「空気入れるのにところどころ立坑《たてこう》があんのよ」

「おお」

ディノッツォの言葉にちょっと安心した。

温かいお茶を飲みたいところだが、ここには薪がない。朽ちた板が少ないのは先に潜った冒険者が燃やしてしまったのだろう。なので本日は度数の低いお酒か、お酒を水で薄めたもの。

「おやつ配布、おやつ配布」

おやつは焼きチーズケーキ。

「わ〜い！」

クリームチーズを包み込んで焼き上げた。四角くて２口ほどで食える小ぶりなサイズ。

「あら濃厚、チーズね？」

「美味い」

笑顔のシヴァとディノッソ。

「口に入れるとほろっと崩れてるのがいい。チーズの酸味も」

レッツェが気に入った様子。――アッシュはイマイチかな？　美味しそうに食べてはいるが、
クリーム系ほどじゃない。甘酸っぱい苺系のソースをつけたらいいかな？
７、８匹のネズミが群れたところを、子供たちに倒させ、取り逃したものは執事が突剣《とつけん》で突いたり、クリスが華麗に一撃を入れたり、シヴァが包丁で仕留めたり。
「いや、シヴァ？　それは何かな？」

ディノッソが引いた笑顔だ。

「大丈夫、お料理には使わないから」

いい笑顔のシヴァ。

俺を見るのはやめてください、ディノッソ。責めるのは自分が奥さんに勝ててからにしろ。

シヴァの本来の武器は短めの双剣、そしてシヴァに憑いている氷の精霊が力を貸す精霊武器。ここは狭い上に人が多い、そして周囲が冷えるので使えないのだそうだ。振るうと温度が下がって、寒くていられないだろうからって。本人は吹雪《ふぶ》いていようが平気らしい。

「うーん、この辺のネズミは魔鉱石の量が少ないな。砦の連中が、アメデオたちの取り巻きが何度か入ってるって言ってたから、浅い層は若いのかもな」

レッツェが芳《かんば》しくない顔で言う。魔物化したヤツらが体内に魔鉱石を溜め込むにはそれなりの時間がかかる。レッツェ、いつの間にアメデオたちの情報収集したんだ？

「移動だ、もう少し奥行くぞ」

「はーい」

「はい！」

子供たち3人の声を追って、ディノッソの言葉にきらきらした感じの返事をするディーン。

クリスも普段より行動は張り切ってるけど、いつもの美辞麗句《びじれいく》を並べたセリフが鳴りを潜めてるし、ディノッソって本当に憧れられてるんだな。

レッツェも様子は変わらないけど、すごいって言ってたし。ただなんかディーンとクリスの様子を見て、浮かれた気持ちが引っ込んだとも言ってた。気持ちはわかる。

坑道の立坑を降り、さらに下の階層へ。さらにじめじめ、水が染みている。落盤・落石を防ぐ、天井や坑壁を支える木材が湿度で腐食劣化《ふしょくれっか》し、石も崩れてる。大丈夫なのかこれ？

「剥がれるように1枚が落ちて砕けた跡だな。絶対崩れないって保証はできねぇけど、ここの岩盤は硬いからそう簡単に一気に崩れるってことはないと思うぞ」

崩れた石を見てたら、荷物をゴソゴソしながらレッツェが説明してくれた。

「この層になるとミミズと幼虫も出てくる、濡れてるとこより乾いてる場所が崩れるかもしれねぇから気をつけろ」

注意をするディノッツォ。ミミズと幼虫が穴を開けるから、水が流れて溜まらず乾くらしい。

「どれ、試そうか」

レッツェがカンテラに明かりを灯《とも》す。

「うを、なんだそりゃ？」

ディーンが眩《まぶ》しそうにちょっと背を反らして聞く。

カンテラの上部に円錐《えんすい》を逆さにしたような反射鏡をつけてあるので、火の大きさの割に光が拡散されるようになっている。菜種油から卒業しようとして、木酢液《もくさくえき》の蒸留をしてメタノールを作ったんだが、失敗。メタノールとかエタノールを使うアルコールランプは照明じゃなくって加熱用でした……。コーヒーのサイフォン用にしたからいいけど。灯油が欲しい。

「さすがに松明よりゃ暗いが、取り回しも楽だし、やっぱいいなコレ」

レッツェがカンテラを振る。そりゃ、松明に比べたら軽いし小さいし。

「ほう？　中は蝋燭ではないのですな？」

執事がカンテラを興味深げに眺める。

「美しいね！」

「うむ」

クリスとアッシュ。子供たちも見たことのないものに興味津々。

「蝋燭よりゃ火が消えづらいんで野外にはいいぞ。ただ魔物を焼くとか威嚇するとか……、そっちの使い方はできねぇな。ほれ、ちょっと交換してやるから松明貸せ」

レッツェがそう言って、エンの松明とカンテラを交換する。

「落とすなよ」

「はい」

「次、僕持つ！」

「ダメ、さっきの順！　次は私！」

カンテラは【収納】にあるんだが、ここで人数分出すのは何か違う気がする。さっきレッツェに、松明は他に使い道があるのを聞いたしね。子供の手に松明は大きいし、ずっと掲げているのは大変。あとで要るか聞こう。そう思ってディノッツソを見たら、なんか眉間を押さえてる。

レッツェは俺の名を出してないのに、俺の方をチラ見して頭を振るのはなぜだ。

執事は料理、シヴァは刃物、レッツェは鞄とか道具類に興味があって、甘いことはわかった。

カンテラが子供たちの手に渡ったので、棒の役目は怪しい場所をこんこんするだけになった。

「ああ、乾いてる。穴があるな」

ごすっと穴に棒を突っ込んだら、白いものがついてきた。ぶにぶにとして、頭部がオレンジ色をした幼虫。カブトムシの幼虫っぽいが、大きさが2リットルのペットボトルくらいある。ツノが一本あって、ギチギチ音を立てる顎が、牙と言って差し支えないくらい鋭いし強そう。

「なるほど、長い方が便利だな」

感心するディノッツソ。

「よく皮を破れたね！」

「結構丈夫な上、中身が動いて衝撃を逃すから破れねぇんだよな」

「細さと速さの問題か」

クリスとディーン、アッシュが感心してくれたけど、狙って倒したわけではなく、たまたま突っ込んだ穴に魔物がいただけです。

穴の中に潜む魔物には突剣組が活躍。ただ、大物は頭が大きくて穴から狙えるのが硬い頭だけなので、大剣組のディノッソとディーンに軍配が上がった。

魔物なので穴に閉じこもっているってことはなく襲ってくる。獲物が近づくのを待って、穴から顔を出して酸を吐いてくる。なので俺は棒で穴の近くを遠くからこんこんやって酸を吐かせるお仕事をしてた。子供たちはお父さんに習って石を投げて吐かせてたけど。

「……」

効率を考えるとこうか？　こんこんして顔を出したところを、酸を吐く前にゴスッと。

「すごい。すごいけど、解体が大変だから酸は吐かせろ。あと全部棒で済ませるな」

レッツェが感心しながらも教育的指導をしてくる。

「ジーン様の新しい武器は棒……いえ、なんでもございません」

「魔鉱石で作る棒……」

執事とディーンの会話が酷い。

そのあとは、いかにスムーズにこんこんして酸を吐かせてゴスッとやるかを頑張った。

「あ」

棒が折れた。

「お前、棒が折れただけでこの世の終わりみてぇな顔すんなよ」

「気に入ってたのに」

ディーンに呆れられたが、折れないように真っ直ぐ力がかかるよう頑張ってたのに。

「今まで折れない方が不思議というか、お前の無駄な技量に感心してたよ……」

ディノッソ、無駄って言うな、無駄って。

「剣を使え、剣を」

レッツェに言われて棒を捨て……。

「薪にできるかな？」

「いいから棒を離せ。そして解体を手伝え」

「やりすぎでございます」

折れた棒を顔に寄せて言ったら、レッツェにぞんざいに言われ、執事には窘められた。幼虫とミミズの山の前で笑顔の執事。見ると子供たちとレッツェ、アッシュまでが解体している。

「うわ、ごめん！」

「あら、ごめんなさいね。ふふっ」

やりすぎた。

「すまん」

「悪気はないのだよ！」

「いや、まあ……。すまんかった」

犯人は俺を含めた5人。シヴァ、ディーン、クリス、ディノッツォがそれぞれ謝り、解体に加わる。途中で競争のようになって、この有様である。まさかお子様たちが解体しているとは……。途中までは一緒に狩っていたはずなのだが。

レッツェにダメな大人5人組みたいな顔で見られながら、真面目に解体する俺たち。採れるのは主に銅・鉄・硫化鉄、次点で金・銀。他に硫黄《いおう》・クロムが少し採れる。

硫黄は黒色火薬の原料で有名だが、この世界に火薬ってあるのかな？　ゴムに数パーセントの硫黄を加えて加熱すると弾性が増し、添加量を増やすと硬さを増すんだったかな？　どっちも出回ってない気がする。【鑑定】結果は、干し柿、干しイチジクなどの漂白剤、ワインの酸化防止剤に二酸化硫黄って出てる。クロムはクロムメッキとかステンレスに使うのかな？

そしてこれらの中でも、魔鉱石化したものと普通のものがある。大まかに分類しながらせっせと解体してゆく。土や石を食べまくって金属以外は排出するか養分にして体内に集められたものとはいえ、もともとそんなに大きな魔物ではないし、数はあるが採れる量は多くない。

幸い魔鉄が一番多いので、鉄と合わせた普通の剣であれば全員に行き渡るほどだ。ディノッツォとディーンの大剣を考えると全く足りてないが。

「ふう、ようやく終わった。休憩しよう」

「この幼虫も焼けば独特で美味いって聞くけどな」

やめろ、ディーン。虫食は都会のもやしっ子にはきつい。なんか、休憩が飯かおやつに直結してる。

「ああ、カブトムシはダメだが、クワガタの方なら」

おい、レッツェ。ディーンの話に乗るのはよせ。

「というか食ったことあるのかよ！」

「食えるって聞く、毒のない魔物は1回口にしとくことにしてる」

なんでもないことのように答えるレッツェ。そこまで知識を蓄《たくわ》えなくていいと思います。何かの理由で食料が尽きた時に活用する知識、なのか。ただの趣味だったらどうしよう。

「じゃあ、もう2階層一気に降りて、オオネズミを狩りながらイラド狙いで行くか」

ディノッソが言う。生まれた疑惑について考えてたら、話がまとまっていた。そういうわけで休憩を終えて、立坑を降りる。

「あれ？　なんでここに積んであるんだ？」

「重いから置いてったんじゃね？　この層まで降りてきたら魔鉱石狙いだろ」

降りたそばの壁際に鉄とか銅とかが積んであった。レッツェの言うように、ここで地上《うえ》に持ってゆくものを選別したのだろう。重すぎる荷物を抱えて立坑を登るのは大変そうだし。

「よし、もらっていこう」

「帰りになさいませ」

間髪入れず、執事に止められる。帰りもここを通るならそうするけど、【収納】に行きも帰りもない気がする。

暗い坑道を進んで、魔物との最初の遭遇。

「きゃっ」

ティナの小さな声。

「おっきい！」

「でっかい！」

双子から上がる驚愕《きょうがく》の声。ここに出るネズミは、最初に倒したネズミの比でなくでかい。どーんと軽自動車サイズ。オオネズミ半端ないな！

「ここのネズミ、熊より大きいのか……」

「アホか！　こんなの普通はいねぇ！」

「三本ツノだよ宵闇《よいやみ》の君！　……ジーン！」

感心してたら、慌てた感じのディノッソとクリス。クリスは頑張って名前で呼んでくれている。ディーンとアッシュ——俺と子供たち以外はすでに戦闘態勢。シヴァは子供たちを背に、後ろに下がっている。早いよ！

「聞いちゃいたが、強い魔物が増えてるな」

ディノッツォの大剣が炎を纏う。

踏み込み、少しの動きでオオネズミの尻尾と爪を躱《かわ》し、力を込めたとも思えない一撃。それだけでオオネズミの頭がひしゃげ地に伏す。

緊迫した雰囲気は一瞬で、あっという間に屠《ほふ》られるオオネズミ。

「さすがは王狼殿」

アッシュが剣を納めてディノッツォに賛辞を送る。

「まあね。まだまだ若いものには負けられねぇし」

バチンとウィンクして笑うディノッツォ。

ディーンやクリスのきらきらした視線にも、相変わらずちょっと剽軽《ひょうきん》で気負ったところがなく、飄々《ひょうひょう》としている。

「ま、解体しちまおうぜ。こいつのお陰で周囲に細かい魔物はいねぇみたいだし」

ディノッツォの言葉に、オオネズミに目を向ける。でかいんですけど……。コイツの解体には手を焼きそうだ。

レッツェの説明を受けつつ、血抜きをし、皮と脂肪の間にナイフを入れてシャリシャリと皮

を剥がす。特に肉は餌にする以外の用途はないけれど、汚さずに綺麗に解体する。外しやすい
関節のこととか、途中途中に解説が入る。

「お父さん？　お母さん？」

ティナが急に立ち上がってあたりを見回す。

「あれ？」

オオネズミの解体をしてたら、２人の姿がない。トイレ？　いや、執事もいない。

「２人と執事は下を見にいった」

「下？」

「そ、俺たちは上に戻るぞ」

「なんで？」

レッツェの話に疑問を返したら、足を踏まれた。

「……お父さんもお母さんも、黙っていなくなる時って危ないことしてる時」

上着の裾を持って泣き出しそうなティナ。

「え」

金ランクで危ないって、何するつもりだ？

「泣いて騒ぐと魔物が寄ってくる。２人を心配させたくなかったら我慢を」

アッシュが片膝をつき、顔を覗き込んでティナに言う。ぶっきらぼうの怖い顔。多分どう言っていいかわからない顔。レッツェが俺の足を踏んだのも、子供たちに余計なことを聞かせたくないからだろう。聡《さと》いティナには即バレしたが。そして俺は鈍すぎる。

オオネズミの三本ツノ。三本ツノが現れると、周囲を調査する。

魔物が生まれる理由は、無理やり力を奪われて傷を負った人を憎む精霊が黒く染まり、それが動物などに憑くこと。黒い精霊は、そばに憑きやすい生き物がいれば、共食いよりも容れ物《からだ》を手に入れることを優先するので、生まれる魔物は二本ツノまでが多い。

真っ黒い魔物は、黒い精霊同士が共食いして強くなったか、もともと強い精霊の個体が憑いたもの。もしくは、魔物が強くなった存在。

容れ物を手に入れた状態で急激に強くなることはなく、もともと強い個体が憑くというのも、力を奪われて黒く染まることを考えると確率は低い。戦争とかで魔法が使われまくると、傷を負う精霊が増えて、森に着く前に共食いをしたりして強い精霊が生まれるが、距離のため途中で分散し、ほぼ二本ツノ止まりなのだ。

だが、大規模魔法などで消費される精霊がさらに多くなると、三本ツノが出る。三本ツノが増えて氾濫を起こすこともたまにあるが、あまりまとまりがなくすぐ沈静化される。

ただ、その上位の黒が広がった魔物が出現すると、強い個体に惹かれるのか、どんどん魔物が集まる。そして数が一定量を超えると魔物は狂乱し、棲《す》み処《か》を出て人を襲い、自身かその黒い魔物が死ぬまで止まることはない。

三本ツノの出現は、黒い魔物が出現する前段階。1匹だけならよし、大量にいる場合は黒い魔物がいるのを疑う。

多分、その調査に行ったのだろう。で、俺は内緒にされたらしい。気づけばレッツェが持っていたカンテラがない。松明より扱いやすいので3人に持たせたのだろう。

金ランクの2人と執事にとって、三本ツノの強さは脅威ではないけれど、闇とこの壁が邪魔をする。特にディノッソは、憑いている精霊からして火を使う。坑道内は狭く、大きな火を使ったら2人を巻き込むので行動が制限されるんじゃあるまいか。まあ、火の魔法を使うっていうのは俺の予想なだけで、身体強化系なのかもしれないけど。

ディーンたちも置いてきぼりってことは、余裕があるのか足手まとい扱いなのかどっちだ？　黙って行ったってことは後者だな？

ディノッソたちが降りていったらしい立坑の縁に立って中を眺める。近くは松明の明かりに照らされて、壁の補強兼足場の板が見えるが、真っ暗な闇に飲み込まれてその先は見えない。

眺めながら【探索】の範囲を伸ばしてゆく。小さな気配がいくつか、ディノッソたち3人の気配、そのすぐ先に大量の気配。

「お父さん……」

「お母さん……」

「大丈夫、お父さんもお母さんも強いもん」

泣きそうな双子に、自分も泣きそうなティナが言う。

ああ、やっぱり世の中にはよい姉というのも存在するらしい。

「うん、大丈夫。お父さんもお母さんも、それにお兄ちゃんも強いから。ちょっと行ってくる」

振り返り、ティナたちに笑顔で言って後ろに飛ぶ。

「ジーン！」

「アホか！」

立坑の縁に立っていた俺は、そのまま背中から穴に落ちてゆく。アッシュが名前を呼ぶのと誰かの叫びが聞こえたが、あとは耳元で鳴る風の音で聞こえない。結構深いが、落ちながら新たに風の細かい精霊に名付けて、床が迫る前に下から風で押し上げてもらう。

ディノッソたちの気配に向かって走る。【収納】から『斬全剣』を取り出し、腰に引きつけるようにして走る。走りながら火と光の精霊の細かいの――たぶんカンテラの火かディノッソの精霊が力を使った残滓《ざんし》――に名付ける。

坑道ワンとか坑道ツーなのは目をつぶってもらおう。

「俺の魔力を使え！　『灯り』」

明るくなる周囲。名付けなくとも周囲の精霊に力を借りて魔法は使えるけど、火の精霊も光の精霊も坑道内《こうどうない》にはわずかしかいない。無理やり力を引き出すことはしたくない。

ああ、もうディノッツォたちが魔物の群れに着いてしまう。レッツェがやけに詳しく部位の説明だとか、子供たちの喜ぶ例え話を持ち出してたのは、あと追い防止の時間稼ぎかよ。

俺は強いんだぞ！　多分だけど！

「何!?」

「明かり？」

「ジーン様!?」

狭い坑道の先、３人の交戦中に駆け込んでオオネズミを倒す。

「置き去り禁止！」

走りながら名付けをした結果、結構広い範囲が明るい。

「ははっ！　おう、明るけりゃこっちのもんよ」

「敵はともかく、足元が見えないのが辛かったわね」

12畳くらいの部屋、四方に通路、【探索】結果の敵の詰まり具合から言うと、通路の先にも部屋がいくつか続く。足元は幼虫かミミズが開けたのか、ところどころに穴が開いているが気にしない。森で黒精霊を追い回しながら魔物を払うのに比べれば、楽だ。

速さ重視で足運びは爪先を前に向けて、踏み込む。ネズミを斬り捨て、邪魔な幼虫を小石の精霊の力を借り、『礫《つぶて》』で倒す。

「って、お前！　力強いだけじゃなくって、普通に強かったのかよ!?」

「あらあら」

「普段、隙だらけでございますのに……」

正面の敵を袈裟懸《けさが》けに斬り下げ、横の敵を斬り上げる。倒しても通路から敵が入ってくる。

そういえば人前で倒したのは、一本ツノのウサギと狼とかの他はレッツェの前で狐《きつね》を倒したくらいか？　あれも返り血を盛大に浴びて失敗したけど。

【探索】で背後の敵も、敵に隠れた敵の存在も、ディノッソたち3人がどこにいるかも把握できる。常時展開と、結果を確認するまでもなく把握できるようになるまでを練習した。3人の攻撃の邪魔をしない位置取りをしながら動き、敵を倒す。

狭さ？　森の木々の方が近かった。最初は敵ごと木を斬って、とんだ森林破壊だったけど。それにこの狭さは、時代劇で敵の屋敷に乗り込んだ時の広さだよ！

「ああ、くそっ！　眠《ね》みぃ！」

「寝不足か？」

「ジーンは眠くないの？」

「十分寝てる」

日本にいた時と比べて夜更かししなくなったし、外で寝るのも島での生活のせいか、平気。

「私もいささか。眠りに関係のある精霊がいるのでしょうな」

そっち⁉

「ほとんど眠らない魔物にまで影響が出てるわ」

シヴァの言う通り、周囲の魔物がフラフラしている。ここぞとばかりに倒すんだが。

「えーと？」

俺が眠くないのは、【精神耐性】さんが仕事をしているとかだろうか？　【治癒】の方？

そう考えながら『斬全剣』を振るう。進むにつれ、襲ってくる様子もなく蹲《うずくま》っているネズミが増え、虫の穴からは近くを通っても何も出てこなくなった。

「あ、大福」

「ダイフク？」

俺の視線の先に全員の視線が向く。

何か大きな白いものが２つ、地面に落ちている。ちょっと柔らかそう。

「人……と、猫？」

大福と思ったものは丸まった大きな白い猫と、白いローブにくるまった人。どっちもなんか柔らかそうで2つの大きな大福に見える。白い猫、上毛《オーバーコート》は白だが、よく見たら下毛《アンダーコート》はちょっと灰色。大福に見えるのはどうやらそのせいのようだ。

「猫は精霊のようですな。見えるということは強い、あるいはわざと見せているのか」

「原因はこいつか。でもなんでこんなところに？」

「起こしてみるか？」

棒があればつんつんできたのだが。

その前に周囲の魔物をなんとかしてしまおうということになり、寝ているらしい魔物を片っ端から倒す。作業が単調すぎるのか、ディノッソがすごく眠そう。安全を確保して改めて大福の様子を窺《うかが》う。念のために俺の『灯り』は無効にした。

「こんにちは～聞こえますか？」

シヴァがカンテラを掲げて声をかけるが無反応。人数分【収納】から出したので、カンテラは全員が提げている。

「うっ」

「……眠気が増しましたな」

「うるさかったってことかしら？」

今度はディノッソがそっと近づくが、大福に辿り着く前に立ち止まる。

「これ以上進めねぇ」

ペタペタと宙を触る手、どうやら見えない壁があるらしい。ちらっと薄眼を開けてディノッソを見るとあくびをする猫。

そっと木箱を取り出す俺。目測で猫に比べてちょっとだけ小さい箱。蓋を開けて設置すると猫が興味を持ったらしく、のっそりと起きてそっと箱に入った。猫は流体だと証明するがごとくぴったりと収まる。そっと蓋をする俺。

「……」

3人を見る俺。

「どうしよう?」

「いや、聞かれても」

「捕まえるのならば後先《あとさき》考えるべきかと」

「あらあら」

そもそも封印も何もない木箱なので、捕まえたわけじゃない。その証拠に箱から尻尾だけはみ出している。ちょっと入れてみたかっただけなんです。

「んー!」

もう1つの大福が動いた。身を起こし、大きく伸びをする大福。いや、フードが外れて黒を溶かした紫色の髪が滑り落ちる。

「女の子？」

「おはようございます。ホワイルはあなた方が？」

地面に座ったままこちらを見上げる顔は、抜けるように白い。そして肌は大福のように柔らかそう。いかん、大福から離れられない、帰ったら作ろう。

「ホワイルっつーのが白い猫の精霊のことなら、そこの箱ん中だな」

ディノッソが俺の足元にある箱を親指で差す。

「まあ。離れようとしても離れなかったのに……」

「あなたは何者で、どうしてここにいるのかしら？」

シヴァが聞く。外見は可愛らしいが、氾濫が疑われるような魔物の間で眠っていた正体が知れない少女に、みんな距離を詰めようとしない。

「わたくしはサラ。——外は眠るのにうるさかったのですわ。眠くて眠くて仕方がなくて、ホワイルに連れられてきた場所がここだったのです。ホワイルは防御結界を張れるので、わたくしのようなものでも来ることができたのです。——夢うつつでしたけれども」

「外はうるさいって、ここもうるさくねぇ？」

「音はホワイルの結界でほとんど聞こえないのです。うるさかったのは、ホワイルの結界を貸して欲しいというローザ様という方ですわ」

こっちでもスカウトしてるのか。しかもしつこそう。

「わたくしは睡眠と3食昼寝、夕寝、朝寝つきがいいんですの。お話を聞く限りそれが望めませんのでお断りさせていただきましたのに」

「ほとんど寝てばっかしじゃねぇか」

ディノッソが突っ込む。

「ええ。1日に起きていられるのは2刻《こく》くらいですわ、その間も眠いんですの。今、ホワイルが離れて、初めてはっきり意識が戻ったくらいですのよ」

なんというか、上げ膳据え膳のお嬢様生活でないと難しそう。

「幸いわたくしは容姿が整っておりますし、肌にも自信があります。ベッドから降りずにお仕事のできる、愛人になることが目標なのですわ」

ん？

「いい笑顔ですごいこと言ったぞ、コイツ」

ディノッソが言う。どうやら俺の聞き間違えではない様子。

「防御結界の方で職を得ては？」

「ホワイルは眠る時、わたくしの他は外に出してしまいますの。ローザ様にも役に立てないとお伝えしたのですけれど、眠くてうまく伝わらなかったようですわ」

「あるいは、眠りの方を利用したかったとかかしら？」

「どちらにしても一緒に行く気はなかったのですわ。あの方、わたくしをあちこちに引っ張り回す話をされていましたから」

ベッドから離れたくないんですわ〜と言うサラ。

「ところで申し訳ないのですが、何か食べ物を分けていただけませんか？」

形のいい眉を下げて困ったように聞いてくるサラ。その言葉にディノッソたちが俺を見るが、俺は戦闘の邪魔になるので全部【収納】してしまっており手ぶらだ。

「パンとチーズでいいかしら？」

申し出たのはシヴァ。シヴァもディノッソも必要最低限は持ってきていたようだ。執事も身軽だけど、ポケットと袖口から色々出しそうな気がする。

「ありがとうございます。ホワイルのお陰か、食べなくても体形も体調も変わらないのですけれどお腹は空くんですの。1週間ぶりです」

シヴァの差し出したパンとチーズを嬉しそうに受け取る。

体調を維持するためか、長く食べないとお腹が減らなくなるということもなく、ずっと空腹が続くのだそうだ。なかなか辛そう。

「ジーン、荷物を取りに行くついでに上の連中呼んできてくれないか？　まだ間に合うよな？解体しちまおう」

俺に、取りに行くフリして【収納】から出せってことだな。

「この子は大丈夫かしら？」

「落ち着いているので大丈夫でしょう」

箱の中の猫を眺めながらシヴァと執事が言う。

「ああ、じゃあちょっと行ってくる」

多分俺を怪しさ満点のサラから遠ざける気遣いだと思ったので、箱から離れて立ち上がる。にょきっと箱から耳が出た。ついでに鼻もふこふこはみ出している。

「すぐ戻ります」

ちょっとだけ嫌な予感がしたが、離れてもどうやら大丈夫。

カンテラを持って走る、ディノッソたちの明かりが見えなくなったところで本気で走る。

立坑を忍者みたいにタン、タン、ターンとやろうとチャレンジして、壁に後頭部を打ちました。大人しく手足を使って登ります……。

「なんかすげぇ音したぞ」

ディーンの声。

「三本ツノか⁉」

俺の後頭部です。

「いや、魔物の気配じゃねぇが」

レッツェの問いに答えているディーン。

「なんでまだここにいるんだ？」

最後は踏み切って、華麗に着地。後頭部の件は言わなければわかるまい。

「ジーン！」

子供たちが抱きついてくる。

「ジーン」

アッシュは怖い顔です。

「おお、無事だったのかね！」

「怪我はないようだな」

「お前、下、壊してないだろうな？」

レッツェだけなんか違う！

クリスの勘《かん》が働かなかったので、このフロアは安全と判断し、子供たちの希望で1刻だけ待つことにしたのだそうだ。いざという時はディーンが止めている間に3人が子供たちを抱えて外に走ることに決めて、立坑を眺める子供たちを見ていたらしい。

「下はほぼ制圧したんで、解体しようって。あと変な大ふ……精霊と精霊憑きの女性がいた。黒い魔物も氾濫もなし」

子供たちの背中をぽんぽんしながら状況の説明をする。

「変な女？」

「柔らかい感じの怪しい女」

ディーンの疑問に端的に答える。

「お前、女の子に厳しくね？」

「そうかな？」

「偽告白3連荘《れんちゃん》の名残か」

過去のその出来事は、それを画策《かくさく》した姉にヘイトが向いただけだ。あとそれに協力する周囲の人間、男女関係なく人間不信ですよ！

ディーンと話してる間に、レッツェたちが下に降りる準備を整える。ちょっと深めの立坑なので、子供たちと1人ずつロープで結ぶことにしたようだ。レッツェが話しているディーンに何も言わずにエンをロープで結んでいる。

俺が先に降りて、松明で下から照らす。持ってきたカンテラはレッツェが腰につけている。もういっそ全員に渡してもいい気がしてきた。

「あー。三本ツノのネズミの巣って感じだな」

「バルモア――ディノッソ殿よりシヴァ殿の方が多く倒している？」

「ふむ、見事な手際《てぎわ》だ」

ディーンとクリス、アッシュが倒れた魔物を歩きながらチェックしている。子供たちもいることだし、一旦集まってから解体作業に移るため、さっき1人で通った道を今度はみんなで歩いている。歩みは止めないものの、カンテラを近づけては魔物の傷をチラ見で確かめる4人。

「予想外に魔法で倒された魔物が少ないな？」

「なんで俺を見る？」

「いや、手ぶらだったし」

微妙に視線を逸らすレッツェ。

「君が大技で坑道を崩さないか心配していたのだよ！　さすがに生き埋めは死ぬからね！」

クリスがいい笑顔で言い放つ。

「ひどい！」

「お前大雑把《おおざっぱ》だし、精霊つけてるし」

苦笑いしながらディーンが言う。

あ。ディノッソが言ってた「普通に」強いって、もしかしてそういう意味か？　そうだな、精霊が消費されることを知らなかったら、俺も派手な魔法をばんばん使っていたかもしれないし、自分や剣に精霊をつけて何かやらかしてたかもしれない。戦い方なんか知らないし。もうちょっと慎重に戦い方の観察をしないとダメだなこれ。気をつけよう。

でも俺の扱い酷くない？

「お母さん！　お父さん！」

ディノッソとシヴァの姿を見て駆け出す子供たち。2人の持つカンテラの明かりでそこだけ明るく、なかなかな感動の再会風景。よかったよかった。

「そういえばそこにいる女の子、お嫁さん希望だそうだ。ただ家事育児は全くできないししない宣言があった。それでもお嫁さんが欲しい人は頑張れ」

独身3人に向けて言ってみる。

「美人か？」

「愛しき人であるなら、私が家事育児をするとも！」

「……その場合、誰が働くんだよ」

あれ、クリスもお嫁さん欲しいタイプなのか？　レッツェはなんか本当に堅実というか現実的というか。サラに挨拶に行った男どものあとを、アッシュとついてゆく。箱から尻尾が出ているので、猫はまだそこに詰まっている模様。

「ジーンは？」

「俺はパス」

「そうか」

アッシュと短く言葉を交わしながら親子の再会と、ディーンたちの騒がしいやり取りを眺める。やっぱりいいなあ。……などとしみじみ思っていたのもつかの間、大量の解体作業を泣きながらやる羽目になって早く帰りたくなりました。

「さて、あんたはどうする？」

「ホワイルが大人しいうちに移動します。ありがとうございました」

そう言って、丁寧な会釈をして通路に向かおうとするサラ。

解体を手伝ってもらっている間、３人と話していたようだが、条件の折り合いがつかなかったらしい。手伝ってもらったお礼に松明と少しの食料、魔鉱石をいくつか渡した。坑道から出て、街で魔鉱石を売り払えばしばらくはやっていけるはずだ。

「ん？」

箱が置きっぱなしなんだが？

「おいおい、精霊は置いてくのか」

ディノッソも気づいて声をかける。

「もともと契約精霊ではございませんもの。それにホワイルが寝場所を見つけて離れるのも初めてではないのです、３日か1年か——その間に三食昼寝朝寝ができるくらい蓄えませんと」

足を止めておっとりと笑う。

「そんなに稼げるのかよ」

ディーンが納得いかない様子で聞く。

「わたくし、こう見えても『精霊の蕾《つぼみ》』ですもの。ホワイルに憑かれなければきっと『花』になっていましたわ」

「食う寝るは外せないのか？」

蕾だの花だのが何か聞こうとしたら、その前にレッツェが割って入った。

「もともと眠るのは好きでしたし、食べたくても食べられない状態になってから食べることも好きになりましたわ」

「なるほど。あなたに精霊の祝福を」

俺の質問を邪魔できればなんでもよかったらしく、あっさり納得するレッツェ。

「ありがとうございます。わたくしを養えるようになったら声をかけてくださいませ。次にお会いする機会があればお礼をいたしますわ」

　そう言って、サラは今度こそ通路に消えていった。

「……」

「……」

「……行ったな？」

「お行きになりましたね」

　じっと通路の暗闇を見つめている面々。松明を1本渡したけれど、あの格好と松明片手にどうやって立坑を登るんだろう？　腕の稼働の邪魔になりそうな胸してたな……。

「お姉ちゃん行っちゃった」

「やわらかいおっぱい～」

「何を挟むの～？」

　知らない人がいて、少し静かだった子供たちが一斉に話し出す。

「よし、お前らそこに正座しろ！」

　ディーンたちに向かって、カッと目を見開くディノッツソ。エンとバクの発言からして、3人組――いや、レッツェは我関せずなので除外？　――はどうやら破廉恥《はれんち》な話をしていた様子。

「なんでジーンまで正座してるんだ？」

「いや、なんとなく」

先ほどちょっとエッチなことを考えました。小声で話してたのに⁉　とか、ぎゃあ！　とか聞こえてくるのをスルーして、レッツェに言われて立ち上がる。

「で？　この箱にホワイルとやらがいるのか？」

「ふむ、なかなか可愛らしい」

レッツェには見えなくて、アッシュにはちゃんと猫に見えているようだ。

「ジーン様は、後先考えずにやりたいことをやるのは、お控えになった方がよろしいかと」

いつの間にか背後にいた執事にダメ出しをされる。

「箱を置いただけだぞ？」

「どこから出した箱だ？」

視線を逸らす俺、【収納】から出しました。レッツェはどうして突っ込んでくるのか。

「あと『精霊の蕾』は、『精霊の枝』や神殿が抱える癒しの魔法の使い手のことだ。『精霊の花』はその中でも抜きん出た存在で、高い能力と1つ以上の神殿に推挙《すいきょ》されてなれるものだ。一般常識に近いから気をつけろ」

「祭りの時に神殿や広場で踊ったりするしな」

レッツェの説明と注意にディノッツォがつけ加える。

特定の精霊を祀《まつ》っているわけではない『精霊の枝』に対し、神殿は神と呼ばれる精霊を祀り仕えている。そして信者も多いのでお金持ち。ついでに信仰という名のお布施を集めるために、色々工夫を凝らしている。

それにしても、やっぱり俺も正座に加わった方がいいだろうか？　あ、でも痛そう。ディーンとクリスの方を見たら、ちょうどシヴァにアイアンクロー食らっているところだった。

「む、季節ごとに案内するべきだったか。ジーンさえよければ、また『精霊の枝』にゆこう」

「ありがとう」

アッシュは俺のことをどう思っているのだろう？　思えば、会った時からこっちの世界を知らないのを丸出しだった。アッシュが王都で『精霊の枝』の案内を飛ばしたのは、まさか知らない、行ったことがないとは思わない場所だったからだろう。

あれから一度見学には行ったのだが、水は家で汲んだ方が早いし通っていない。普通の人は月に一度は行くような場所だし、『精霊の蕾』を知らないというのは怪しまれる発端になる。ちょっと真面目にカヌムの中を折々に巡ろうか。下手するとナルアディードとかの方が詳しいわ、俺。

ディーンとクリスへの説教も、積んでおいた鉱石の選別も終え、個人で持てずに置いていくジャッジが下った中でよさそうなものをエンが【収納】する。俺も内緒でカンテラが離れた隙に、エンがしまい切れなかったものを全部回収。

「よし、魔鉱石も目標よりたくさん手に入ったし、帰るか」

「猫はどうする？」

「どうもできんだろ？」

ディノッソに聞いたら、置いてゆくことを特に気にしていない様子。

「捨て猫……」

「いや、精霊だし。俺にはというか、大多数には見えないからな？」

レッツェが諌《いさ》めてくる。

「見てみたいものだけれどね！」

クリスは見えたら、顎割れの精霊にどういう反応をするのだろうか？

「ちゃんと世話をすると言いたいところだが、俺はもう犬を飼ってるし……」

自分のキャパ以上に飼うとは言えない。家を空けがちだしね。

「レッツェの部屋で飼わないか？」

「飼わねぇし、飼えねぇからな？」

レッツェなら、そばに特定の精霊がいないからいいかと思ったのだが却下された。

「ここに飽きて行くところがなかったら、カヌムの『灰狐《はいこ》の背』通り31番地Aの2階、A室に来いよ」

「俺の部屋じゃねぇかよ！」

箱の中の猫に向かって伝えると、レッツェが叫ぶ。

「さっき聞いた限りじゃ、強力な精霊なんだろ？　もったいねぇなぁ」

「なんの準備もなしに捕らえられる大きさじゃないしな。下手に手を出さない方がいい」

「眠らされたらネズミの餌だわ」

残念そうなディーン、ディノッソとシヴァ。

忘れずにローザ一派の残していったっぽい普通の鉱石も回収。買い集めた分と合わせ、これでしばらく色々作り放題だ。

◆◇◆◇◆

夜遅くに砦に戻り、ベッドも何もない部屋を借りてみんなで雑魚寝《ざこね》。シヴァとティナはディノッソとエン・バクに囲まれているからともかく、アッシュはいいんだろうか。今更だが。

「なんだろうな、屋根と壁ってありがたかったはずなんだがな」

最初に放り出された山の中の生活を思えば、贅沢《ぜいたく》な場所なんだが。

「魔物に襲われる心配がないんだ、ゆっくり寝ろ」

もぞもぞしていたらレッツェに止められる。

「いびきはともかく、また蹴らないでくれたまえよ？」

「クリス、蹴るのはディーンとレッツェのどっちだ？」

俺、レッツェ、クリス、ディーンの順で転がっているので、レッツェだったら大問題だ。

「酒飲んでねぇから大丈夫だ」

お前か、ディーン。


翌日、部屋の中で火を焚くわけにもいかず、冷たい朝食を済ませて出発する。目が覚めたらディーンの足がクリスに乗ってたけど、こっちには害がなかったのでよしとする。

「ルタ、お待たせ」

ぶるるるっと鼻を鳴らしながら、顔をすり寄せるルタを撫でて馬具をつける。

なんか、馬房の閂《かんぬき》みたいな、馬が出ないようにしてあった棒がなかったんだが……。これは弁償《べんしょう》した方がいいんだろうか？　絶対ルタが蹴破ったんだと思うんだ。なんか疲弊《ひへい》している馬丁《ばてい》さんに多めにお礼を渡して、出発。帰りは何事もなく。

三本ツノが大量に湧いていたことは、採取したツノを見せつつギルドに報告した。定期的に

様子を見に行くそうだ。たくさん湧いてたお陰でこちらは日数をかけずに魔鉱石が揃ったので
ラッキーだったのだけど、砦の人は大変そうだった。

そういうわけでカヌムに帰宅。

「ルタ、ちょっと飼える場所を用意するまで、大人しくしてろよ？」

ルタは譲ってもらいました。でも、馬場とか色々準備ができるまでは、このまま貸し馬屋に
預かってもらう。

「お前、本当に動物に甘いな」

「裏表なく懐いてくれるし」

ディーンに呆れた声で言われたが、好意には好意で返したい。まだ人の好意っぽいものは裏
を勘ぐってしまって身構えるけど。

屋台を覗いて、みんなで焼き串を齧りながら家に帰る。飯屋よりさすがに風呂だ。

「あ、大福」

『灰狐の背』通りから見える貸家の2階に、白い猫が入ってゆくのが見えた。

「早うございますね」

「あら」

「マジかよ」

「ジーンの言うことを聞いたらしい」

俺の言葉と視線に、執事、シヴァ、ディノッソ、アッシュ。

「ダイフク？」

「何だ？」

「どうしたのかね？」

見えない組のレッツェ、ディーン、クリス。

「にゃんこ！」

「なに？」

「なにかいたー？」

どうやらエンに精霊が見えることは確定、ちょっと不安定っぽくはあるけど。他の2人はどうだろ？　入るところが見えなかったのか、見なかったのか、微妙なところ。

「ちょっと待て。にゃんこってあれか？　坑道にいたやつか？　まさか俺の部屋にいるんじゃないだろうな？」

レッツェが問い詰めてくる。

「あれだ。ベッドマットと布団持ってくから」

「おま……っ！　俺が眠らされるの前提じゃねぇかよ！」

レッツェはサラから情報収集したらしく、ホワイルの能力をよく知っている様子。

「自分ちの2階で飼え、2階で。3階でもいいけど！」

「留守番させるの可哀想だし、家にはリシュがいるし。大丈夫、箱に入れれば大人しいから！」

「ノート……？」

「時効でございます。その場で叱りませんと」

レッツェと言い争ってたら、ディノッソと執事が何かやり取りをしている。

「こう、精霊って番地理解してるんだ……？」

「認識を改めよう！」

「うむ」

見えないからかピンと来てないらしいディーンに、相変わらずのクリスとアッシュ。

「とりあえず帰ってお風呂に入ってゆっくりしてから話したら？」

「はいはい」

「あ、こら！　引き取ってけ！」

シヴァの言葉に素直に路地に行こうとしたら、レッツェに首根っこを掴まれて止められた。

「強い精霊なのに」

「不相応なの！　制御できないものには手を出さない主義！」

仕方がないので、3階の部屋に引き取ることにした。ベッドに大人しく丸まったホワイルは、見れば見るほど大福。ちょっとこねさせてもらってもいいだろうか？

家に帰って、リシュに匂いを嗅がれて風呂。大福の匂いか、俺が臭いのか、それが問題だ。大福はカヌムの家に置いてきた。置いてきたというか、ついてくるか聞いても興味なさげにさっさとベッドのど真ん中に丸まって寝てしまったので。

頭と体を洗って湯に浸かる、やっぱり風呂はいい。

風呂上がりに牛乳を飲んで、リシュと遊び、コーヒーを飲みながら読書。お菓子はラズベリージャムが甘酸っぱい、どっしりとしたリンツァートルテ。深煎《ふかい》りのコーヒーによく合う。

このパジャマのだらっとした格好と、ブーツから解放された足が幸せだ。明日は大福を作ろう。材料は求肥《ぎゅうひ》、片栗粉と餡子《あんこ》。求肥の材料は白玉粉か上新粉《じょうしんこ》と水、砂糖。

白玉粉がないな。白玉粉は餅米《もち》を粉にして、水中で沈殿させたもの。寒い中で沈殿作業を繰り返して乾燥させるため、別名は寒晒《かんざら》し。寒い時に作るのはカビないためだから、今でもいけるかな？　粉に挽かなきゃいけないから明日にして、とりあえず餅米を水に浸けとこう。

いかん、眠い。ごそごそとベッドに潜り込み、籠に丸まったリシュを撫でておやすみなさい。

早寝をしたので暗いうちに目を覚まし、しばしベッドでごろごろ至福の時間を過ごす。

通常通りの朝の日課をこなし、今日はパンを焼く。昨日の今日で、アッシュたちの食料庫にはすぐ食えるものが揃ってないはずなので、パンと卵、ハムあたりを差し入れする予定だ。

まあ、街ではパン職人の弟子や卵売りが売り歩いてるから、呼び止めて買えばいいんだが。パンのいい匂いが漂ってくる中、俺の朝ご飯は卵かけご飯。白いご飯にぱかっと卵を落とすのも楽しいし、盛り上がった黄身の表面を、垂らした醤油が滑ってご飯に染み込むのもいい。作りたての醤油がこれまたいい匂い。食料庫のはいつでも封切りの香りと味なのだ。

ワカメと豆腐の味噌汁にキュウリの浅漬け。焼き海苔とゴマをトッピングして黄身を割って混ぜ、かき込む幸せ。炊きたて熱々のご飯の効果で、少し熱の通った黄身が甘く絡む。


幸せな気分でカヌムに転移したら大福がいない。やっぱり気まぐれで来たけど、帰っちゃったのだろうか。少々がっかりしつつ、パンを配って歩く。ディノッソのところは奥さんだけが起きていて、アッシュのところは執事だけ。ディーンたちのところは1階にレッツェがいた。

そして大福もいた。

「何だ？」

「いや、やっぱりベッド持ってこようか？」

レッツェの膝の上でどーんと丸まっていた大福が、音も立てずに床に降りて、俺の膝に顔をぬるぬるとすり寄せてくる。でかいんだよな、大福。精霊じゃなかったら重くて膝に載せていられないだろうし、大変だ。

「待て、そのセリフとその手つきは何だ？」

大福を撫でるが、その手の動きは、撫でる対象が見えていなかったらかなり不審だろう。

「気のせい、気のせい。はい、これパンと卵」

「いや、誤魔化されないからな？」

「ベーコンとチーズもつけよう。コーヒー淹《い》れようか？」

「くそっ。……濃い目で頼む」

レッツェが諦める。コーヒーって中毒になるよな。うん。レッツェがあっさり引いたのは、見えないこともあるだろう。いても邪魔にならないし、頼めば『眠りの能力』を使わずにいてくれてるし、実害はない。俺が時々不審者になるだけで。

諦めたレッツェは、暖炉でベーコンを焼き始め、俺はサイフォンを用意して、コーヒーを淹れる。大福用に皿に水を注ぐと、気に入ったらしく飲んでくれた。他の嗜好品《しこう》って何だろうな？

レッツェが朝飯を食ってる間、大福を撫でて満足する俺。大福は気まぐれな割に人間のそばにいるのが好きらしい。ただ、静かであることとか、触り心地とか、温度とか、明るさだとか

――好みの条件がだいぶ厳しいようだ。

クリスが降りてくると、声のトーンが苦手らしくさっさと姿を消してしまった。子供の声も苦手っぽいし。クリスは朝からハイテンション。

また遊びにきてくれるといいな。

さて、大福は夜に作るとして、明るいうちに家に馬場を作って……。いや、ルタはナルアディードの島で、世話する人を雇って飼った方がいいな。今回みたいに数日留守にする時に困る。カヌムの方が遠乗りに行くにはいいけど、市壁の中に馬場は無理だしな。

【転移】するために家に戻る途中で、路地に怪しい人影というか、執事と同系統の雰囲気の奴が、執事と静かに戦闘中。執事は余裕っぽい。

「ちょっと失礼します」

邪魔しないように通るのが不可能っぽいので、声をかけて通り抜ける。

「何⁉」

「ジーン様」

声をかけたところで2人とも後ろに飛びのいて離れ、俺を見る。

「あ。すぐ行くんで、お気になさらずに」

執事たちを背に、家に入って扉を閉める。朝飯時に襲撃なんて執事も大変だな。

【転移】しようとしたらドアを叩く音。

「ジーン様」

「あれ、もういいのか？」

「はい、こちらは済みましてございます。お騒がせいたしました――が、スルーするにも他の仕方があったのではないかと」

「通路で戦っているのが悪いと思います」

お説教、お説教の気配。そして執事の後ろにさっき戦っていた奴が倒れていてですね……。

そっちは丸出しでいいのか？

そう思っていたら、蕪を逆さまにしたような執事の精霊が、葉っぱのような服の裾を伸ばし、路地に倒れた男を包む。服のように見える部分も含めて精霊の本体で、こういう形なのだ。

倒れた男がこっちを向いていなかったのもあるかもしれないけど、友人を殺しに来た奴にはさすがに同情できないし、可哀想とも思わないので、止めることはしない。また来ても困るし。

精霊の裾がしゅるしゅると元の長さに戻ると、石畳には男どころか血の跡さえもなかった。

ああ、そうですか、執事のその精霊は隠蔽《いんぺい》用ですか。

「一般人の対応としては、気づいたら避ける、隠れる、でございます」

自分は常識人みたいな顔をしてるけど、一般人は路地で戦ったりしないんですよ、執事。

「いや、ノートが余裕そうだったんでな」

あと早く戻って大福を作りたかった。

「……」

額を押さえてため息をつく執事。

「ああ、そういえば、俺の代わりに商人や職人と折衝《せっしょう》してくれるような人っているかな、俺がこんなのだから口が固い人で。同業で心当たりがあったらお願いしたいんだけれど」

いわゆる家令のお仕事ができる方が希望。まあ、面倒ごとを丸投げできる人ともいう。こっちの家令や執事が具体的に何してるか知らないけど。

「人との交渉が上手くて、秘密を守れる方で、いざという時に自分で身を隠せる方ですか」

最後言ってない、最後言ってないぞ。

少し当たってみます、と言ってくれた執事と別れて、今度こそ【転移】。駆け寄ってきたリシュと一緒に水車小屋に行って、白玉粉作り。

一応、水車を壊すような瓦礫《がれき》などゴミがないかざっと見て、水門を開けて水を流す。

普通の水車はため池から続く短い水路に板を浮かべて、浮いた大きなゴミがそこで引っ掛かるようにしていたり、流されて溜まった泥の始末が必要になったりする。

日本型の水車ってどうなんだろうか？　ため池のイメージってないな。勢いよく水路を流れる鮮烈な水って感じ。高低差と豊富な水量のお陰で勢いが強いのかな？　それとも水車の構造が優れてるのか。ちょっと研究しよう。

昨日用意した餅米を水切りして、ひたひたの水をまた入れて石臼《いしうす》にちょっとずつ流し込む。布で漉《こ》して水気を切ったら、板に広げて天日干し。

リシュが草にじゃれついている。春は植物が芽吹き、花を咲かせるせいかうきうきする。

水車に来たついでに他の粉類も挽いて、【収納】にストック。1人分なら手動で石臼をごりごりしてもいいんだが、【収納】できるのをいいことに大量に作っている。

季節ごと、食べる分をその場でというのは情緒があっていいんだけど、やっぱり面倒で。他にもやりたいことがいっぱいだし、そっちは気が向いた時に時間を取ろうと思う。

終わったら石臼を動かして掃除、でかいんだけど持ち上げられてしまう身体能力！　だが筋肉はない。せめてもうちょっと胸板とか腹筋とか欲しいのだが、育つ気配がない。おのれ！　腹を立てて粉類は【収納】を使って掃除してやったわい。

あ、豆腐作ろう豆腐。大豆を挽いておいたのがあるはず。昼は作りたての豆腐と湯葉《ゆば》にしよう。豆乳は大量にあるのでしばらく楽しめる。

小鍋を用意して、引き上げた湯葉をその場で食べる。柔らかくほどけてほんのり甘い。日本で食べた湯葉には時々紙みたいに口に残った記憶があるが、これはうまくいった。

豆腐もふんわり大豆の香りが広がって大変美味しい。薬味はゴマ、茗荷《みょうが》、海苔、若採りした葉ネギ。半殺しの枝豆を湯葉で巻いて揚げたものは、パリッとして口当たりが楽しい。

やっぱり作りたてっていいな〜と思いつつ、午後は小豆《あずき》を煮て大福の製作。小豆を焦がさないようにかき混ぜて餡にして、白玉粉は乾燥したものをすり鉢でごりごりしてさらに細かく。

一般的に北海道産の小豆の場合、上質のものほど餡にすれば紫色になる。丹波大納言《だいなごん》の場合は赤く、中国産は黒が濃いめ。こっちの世界の小豆はどうなのかな？　あとで育ててみよう。

小ぶりの大福を大量生産、アッシュ用に苺が顔を出した苺大福も少し。餡子があるから少し酸味のある苺の方がいいかな？


「大福……じゃない、ホワイルはなぜここに？」

さっそく出来たての大福を配りに行ったら、大福がアッシュの膝の上に。

アッシュは怖い顔をしているが、嫌なわけではなくて、落とさないよう慎重に膝の角度に気を遣ってるのが原因のようだ。見えてるとそうなるよな。それにしても羨ましい。こねたい。

膝に大福、頭にアズ。猫と鳥でも平和そうというか、アッシュが大変なことになっている。

「夕べはうちの３階にいたんだが、今朝はレッツェのところにいたな。眠くはならない？」

「ああ、それは平気のようだ」

サラの時との違いはなんだろうな？

「サラ様の時のような憑いている状態というよりは、制御されているようですな」

「名前付けて契約してたわけじゃないのか？」

「ホワイルは仮の呼び名でしょう。契約ならば、あの状態は……。契約後に精霊が何かの理由で力をつけるか、契約が緩み暴れ出すこともございますので、ないとは言い切れませんが」

「へえ」

憑いてるだけだと気まぐれな精霊主体で色々な現象が起こるが、契約していれば普通は人が望んだ現象が起こる。意思の疎通《そつう》や価値観の相違で真っ直ぐ伝わらない場合もあるけど。

「珍しいことですが、精霊の方が契約を望み、寄ってきている状態かもしれませんな」

「じゃあ候補は、俺かレッツェかアッシュ？」

「はい」

なお、俺の作った大福は、見える組には微妙な顔をされました。

4章　金のアウロと銀のキール

坑道から帰ったあと、漁師町に魚介を買いに行ったり、素材を収集したり、ローザ一派を避けまくったりして数日。普段は使わない酒場に執事といる。何を食べても不味《まず》いんだが、どうしてここを選んだ？

「交渉が決裂した場合、今後は来ない場所の方がよろしいかと」

目で不満を訴えたら執事から答えが返ってきた。交渉が決裂した場合に備えてそんなに気を遣うのか？　本日は、執事に頼んでおいた人との顔合わせの席だ。

「本来なら別の街で設定したいところでしたが、私が長く離れられませんので」

執事は俺の心を読んでいる！

皿のものをちょっと脇に避けて、そっとクッキーを取り出して混入させる俺。酒もよくないけど、薄いだけなので水代わりだと思えば……。見ていた執事も何も言わなかったので、日本の感覚だからではなく、こっちの世界でも普通に不味い店なのだろう。

出したのはクランベリークッキーだが、生地に少し苺を混ぜてある。バレなければいいという姿勢。肉とか魚とか食事系を出すのは思いとどまったのだから許してほしい。

「失礼します」

クッキーをもぐもぐしていると声がして、人が入ってきた。

「ようこそ」

「こんばんは。本日はよろしくお願いします」

ハンカチで手を拭って立ち上がる俺。

執事喫茶の執事みたいなのが2人来たぞ？　無駄にイケメンで、髪が淡い金と銀で違うけど同じ顔。片や微笑み、片や無表情のポーカーフェイス。執事ってみんなこんな感じなのか？

「……匂いがする」

「匂い？」

思わず自分の手をくんくん嗅ぐ。今日の昼は魚を捌いた。特に魚臭くはないようだが、鼻がバカになっているのだろうか。

「——失礼」

そう言って銀色が手袋をしたままの手にクッキーを取る。バレただと⁉　執事、執事ってみんな鋭いのか？　隠し事ができないタイプ？

「……味がする」

一口齧って愕然《がくぜん》としている様子。

「お前が？」

金色が驚いたらしく、浮かべていた笑みを消している。２人的には何か事件が起きている様子だが、色々謎のままだ。

「用事ができた」

「失礼、今回のお話はなかったことに」

無表情に言ってドアから出てゆく銀色と、にっこり笑って会釈して出てゆく金色。

「……そんなに俺のクッキーはやばい味が？」

閉まったドアを眺める。

「いえ、ジーン様のお菓子は美味しゅうございます。申し訳ございません、このような反応は初めてでございます」

顔には出さないが執事も戸惑っている様子。

「とりあえず証拠隠滅して帰るか」

もぐもぐとクッキーを頬張る俺。執事にも協力を願って、隠滅先は胃袋だ。食べ終えて、席を立ちドアを開けようとしたところで執事に手で制される。俺の代わりにドアを開ける執事。

「うをうっ！」

笑顔の金色が立ってた。その背後に銀色。若干怖い。

「先ほどは失礼しました」

「仕事は受ける。代わりに先ほどの菓子をどこで手に入れたか教えてもらおう」

銀色は無礼《ぶれい》っぽいけど、笑顔の金色の方が胡散臭い。雇い主にもうちょっと愛想が欲しい俺です。いや、愛想というより敬《うやま》い？　違うな、普通でいい。

「お教えしかねますな。このお話はお互いなかったことに」

俺の微妙な逡巡《しゅんじゅん》を感じ取ったのか、執事が断りを入れる。

金銀と執事の間に緊張が走る。いや、あの、なんでこんなに殺伐《さつばつ》とするんだ？

「ここで派手にやり合うわけにはゆきますまい。貴方《あなた》と貴方の主人に危害を加えないと誓文《せいもん》を入れましょう」

「ついでにそこの男も入れてもいい」

ため息をついて提案してきた金色と、面倒そうに俺の方を顎で指す銀色。

誓文は精霊に誓って立てる約束事のようなもの、契約の一種だ。本のあの呪いと同じで破ると酷い目に遭うのだが、自分で受け入れている状態なのでさらに縛りがきついらしい。それは知っているのだが、危害ってなんだ危害って。

「店を開いている方ではございませんので。ですが、条件次第では定期的に私が頼みに参りましょう」

口を開かない方がよさそうなので執事に任せて黙っている。でも疑問が多すぎてですね……。

「なんでそんなに菓子にこだわるんだ？」

つい聞く。

「……」

ふいっと視線を逸らす銀色。

「これは、普通の食事で味を感じることができないのですよ」

困ったように笑う金色。

「ふん。少ないが味のするものは他にもある、大きな妥協はしない」

憮然とする銀色。味がしないのは嫌だな。

「で？　誰を殺す」

少し黙っていたら、銀色がイラついて口を開いた。

「……ノート？」

固まったまま執事を呼ぶ俺。

「誤解があるようですが、今回私が仲介したのは用人《ようにん》の仕事でございます」

用人は、主人の用向きを家中に伝達して、庶務《しょむ》を司る。大体やることは家令とか執事とかと同じだが、もっとフットワークが軽いというか雑務をこなしてくれる。あと、同じ家で長く続けず忙しい時だけ手伝うとか身軽な感じだ。

「……用人を雇うのになぜこんな警戒を？」

固まった笑顔で聞く金色。

「習い性でございます」

にっこり笑顔で浅い会釈をする執事。色々突っ込んでいいか？

「相変わらず食えない方だ」

小さくため息をつく金色。

「あんたのその薄ら笑いが変わるところを見てみたいな」

銀色の眉間にうっすら皺が寄る。

「不本意ながら、最近は表情豊かでございます」

執事、俺を見るのはやめろ。

「この話はなかったことに……」

日本人的曖昧な微笑みを浮かべて断る俺。

「場所はカヌム《ここ》でしょうか？」

「いや、ナルアディード」

遠いし、お互いやめとこうぜ？

「船と商人の街か」

勤務地を確認してくる金色と、俺の答えにちょっと考える銀色。固まる執事、そう言えば働いてもらう場所言ってなかったな。

「仕事内容は、家を建てる職人の采配《さいはい》と商品の交渉代行でしたね？　条件は一般的なものでよろしいでしょうか？」

「いや、今の流れで雇用条件を聞いてくるのはおかしいからな？」

にこやかに話を進めようとする金色に言う俺。執事に事前に聞いたところによると、用人の給料は日当で小銀貨1枚。正規の執事よりははるかに低めだが、他に3カ月ごとのボーナスを出すのが一般的。ボーナスお高め設定で、出るまで真面目に勤めてもらうのと、少なくとも3カ月はばっくられないようにする感じらしい。あと服と住居の提供とか。

「癖が強い者たちですが、有能です。使いこなそうとすると大変ですが、やるべきことを明示しておけばそちらは達成いたしますので、短期雇用はありかと。――誓文を入れることですし」

誓文はお互い守って欲しいことがある方が効果が高いそうで、この2人の場合は、別な「お仕事」について秘密にしたいということだろう。

あれ？　もしかして執事は、拘束をきつくするのでわざと誤解させた？　――どうやら執事の気遣いらしいので、契約することにした。3カ月後、ナルアディードで落ち合ってから仕事開始。なんか金銀の移動が早い気がするけど気にしない。

俺はその間に、資材と設計図、指示書の用意をする予定。仕事の簡単な契約書、お互いのことを一般的なこと以外は誰にも話さない誓文。

誓文用の用紙は裏側に複雑な模様が描かれていて、署名《しょめい》をすると精霊を呼び込む。精霊の強さは、誓文を作った人の腕と、署名をした人がどこまでそれを望んでいるかで変わるらしい。

執事から説明を聞きながら、署名する。

まあ、署名したら、カダルが出てきて消えたんだけども。カダルの司る秩序に誓文も入るのか？　だとするとなんか俺、２人の副業のこと話せる気がするんだけど？　秩序どこ行った？

頭の痛そうな執事と固まっている金銀。

「よし、完了だな。３カ月後、よろしく頼む」

うっすらこれは詐欺じゃあるまいかと思いつつ、顔に出さない俺。

「ば、バカな。たったこれだけの誓文に……」

わなわなしている銀色。

「森の深緑のローブ、白髯《はくぜん》、芽吹いた杖――まるでカダルのようではないか……！」

本人だと思います。

「ジーン様、そこまで内緒にしたかったのですか……」

遠い目をしている執事。いや、そこまで必死でもないんだが。ちょっと知り合いが出てきちゃっただけです。

「よし、完了だな。3カ月後、よろしく頼む」

もう一度言ってみる俺。

「ジーン様……」

「それにしても、なかなか2人が正気に戻らない」

困ったように名前を呼ぶ執事をスルーする俺。

「誓文の呪いが体を巡っているのでしょう。あれだけのモノが現れれば仕方のないことかと。ええ、仕方のないことかと」

執事の笑顔に、なぜ貴方は平気なんだ？　という疑問の圧がある気がするが、気のせいだな。

「これは支度《したく》金、これはおやつ」

なかなか戻ってこないので、瞳孔《どうこう》を開いて立ちっぱなしの2人に袋を2つ握らせて終了する。

支度金は、服や仮住まいも2人で手配してもらうことにしたから、その代金と移動代だ。

部屋は密談用なのか、鍵がかかるようになっているのだが、執事が鍵なしで施錠《せじょう》した。

扉を閉める際に、執事が2人に向けた眼差しがなんとも言えない感じ。鍵は部屋の中の机の上だ。酒場の親父にまだ2人が部屋を使用することを伝え、延長料金を多めに支払う。

「ジーン様はナルアディードに旅立たれるのでしょうか？」

「ああ。暇ができたら？　基本はあの2人に任せる感じだな」

シヴァと子供たちから剣の希望が上がってきたので、カンカン始めないと。打ち上がる頃にはクリスやアッシュたちの希望も固まるんじゃないかと思うので、ちょっと忙しい。ディーンはしばらく決まりそうにないが、ディーンと執事とレッツェは空いた時でいいと言ってる。炉を冷やしたくないから、できれば鍛治作業は連日でしたい。

「安心いたしました。カヌムにいらっしゃるのですね」

「うん。基本はこっちだな」

カヌムの街の雑踏《ざっとう》を歩く。酔客がおだを上げながら肩を組んで歩いていたり、ちょっとこの辺は人も路地もごちゃごちゃしている。それに比べて家の近くの通りは静かだ。

「ノート、今日はありがとう」

「いえ、お役に立てたなら何よりです」

◆◇◆◇◆

今日は鍛冶小屋に籠もるのでおにぎりを準備。カリカリ梅とジャコ、焼きたらこ、鮭、紫蘇《しそ》味噌、葉唐辛子、アサリ、ツナマヨネーズ、肉巻き結び、鰹節とゴマをたっぷり入れた焼きおにぎり。具材をちょっとずつ用意するのが面倒だったので、大量に作って【収納】に放り込む方向。これまでも何度か作って、料理や片づけが面倒な時に食べている。

孟宗竹《もうそうちく》の大きな筍《たけのこ》の皮をぺりぺり剥いて洗い、一晩乾かしたものに3個ずつ包む。筍はあとで混ぜご飯を作る。日本には約600もの竹があると何かで読んだんだが、とりあえず孟宗竹と真竹《まだけ》、メンマ用に麻竹《まちく》の筍は食料庫にある。あ、いかん。またラーメン食べたくなった。

畑で作った食材を使っていると、台所で精霊の姿を見る。意思がないような小さなやつ。家には進入禁止の結界があるので、こいつらは俺の持ち込んだそれぞれの野菜や果物の精霊だ。

植物系――例えば果樹の精霊は木と花や実に生まれる。樹木の精霊は長く生まれた木にいることが多いけど、花や実に生まれた精霊はすぐに離れてしまうことが多い。同じ種類の別の花に引っ越したりもするけど、ほとんどが消えてゆく。

花や実の精霊は固有の形を保っていられる時間も短く、細かい粒子になって種や元の木、大気や地面に溶け込んでゆく。細かい粒子に砕ける時、なぜかとても楽しそうなので、形を保ちたいらしい他の精霊とちょっと違うみたい。最初に野菜を切った時、隣で砕けて食材に吸い込まれてった時は驚いたし、どうしようかと思ったし、罪悪感が生まれそうだったけど。

様子を見ていると、鍋にダイブはするわ、嬉しそうに動き回っているので、どうやら美味しく料理されるのは本望らしいと気づいて安心した。同じ野菜の精霊でも、消えずに力だけを料理に注ぐやつもいるし、色々謎だ。

昼を用意し終えたら、今度はお湯を【収納】にたっぷり用意。盥《たらい》を小屋の外に設置、マスクをして準備完了。

本日はまず炭切り作業。炭は松から作られた木炭、着火しやすく熱量に勝る。燃費が悪すぎて大量に使うんだけれども。松炭《まつずみ》は用意してあるけど、不揃いなのを約2~3センチの四角体に切り揃える。木の目を読み、粉を極力出さずに思い通りの大きさに切るのはなかなか大変。全身どころか鼻の穴の中まで真っ黒になるね！

カンカンするにはそれなりの準備がいるのである。ふくら雀みたいな丸くてふわふわした指先ほどの小さな黒い鳥が飛び回っている。とりあえず俺に炭の粉で落書きするのはやめろ。

作業を終えて、盥に湯を入れ、真っ黒になった体を洗う。服は再起不能な気がする……。洗濯屋さんは綺麗にしてくれるだろうか？　炭とか墨汁《ぼくじゅう》って落ちるイメージないのだが。

さっぱりしたところでお昼、リシュと並んで外で食べる。外で食うおにぎりは格別だ。中身の区別がつかなくなってロシアンおにぎりになりそうだったけど、【鑑定】してことなきを得た。好きな具材ばかりだから何が当たってもいいけどね。

カヌムより暖かい家の周辺は春の盛り。クローバーと似た、それより小さな草が広がっている。大体同じような長さなのだが、時々ひょろりと飛び出た草があり、気になるらしいリシュがじゃれてぱくっと。楽しいようで何より。

庭に虫がいないのをいいことに、寝転んで俺は昼寝。リシュが戻ってきて隣に陣取り、やっぱり草にじゃれている。

午後は坑道で集めた魔鉄を溶かして鋼に変えて、水に入れて急冷《焼き入れ》して、よろしくない部分を落として……。贅沢に魔鉄だけを使っております、でもお値段据え置き。今ならもう1本――テレビショッピング風のセリフを思い浮かべつつ、真面目に作業。

子供たちは今回、精霊なしで！　と保護者から言われているので、精霊を立ち入り禁止にしてカンカン。作業してると細かいのが生まれるんだがどうしたら……？　まあいい、火属性とかつくわけじゃなくって、ちょっと丈夫になるくらいだろう、気にしない方向で。

バクには、力を乗せてダメージを与えるタイプの肉厚の剣、エンには刀身が短く湾曲《わんきょく》した片刃の剣。エンは派手なの！　というリクエストをして叱られていた。俺も今はダメだろうと思うけど、基礎ができて守れるようになったらいいんじゃないかな、テンション上がるし。

子供たちの剣を作り終えて終了。翌日は、属性の希望が被ったシヴァと執事の剣を打つ。

2人の希望は魔銀《まぎん》の武器。レイスとか幽霊系、吸血鬼とかの魔物に効果があるそうだ。――いるのか吸血鬼。2人ともメイン武器はすでに持っているから、サブ武器になる。

シヴァのリクエストは長さの違う双剣、速さで斬るタイプ、氷と片方は別の属性希望。氷が効かない魔物と遭遇するかもしれないからだって。

執事は袖口に入るサイズのナイフを3点、属性は闇か氷を希望。俺やエンのように大きなものはしまえないけど、ポケットや袖口から入れられるサイズなら収納可能な能力持ちだそうだ。時々タオルとかどっから出してるんだろうと不思議だったけど、執事という職に合った能力持ちなんだろうと思っていたので、納得。

ちなみに【暗器《あんき》】と呼ばれる能力だそうです。名前が物騒《ぶっそう》すぎる、執事用の能力じゃない。

鍛冶小屋に閉じこもってばかりではなく、朝の早い時間はリシュと一緒に山の巡回。手入れをしつつ、山の恵みをついでに収穫。食べ物だけじゃなく、籠を作る蔦とか色々。野菜も果樹も毎日観察するのが、美味しいものを作る近道。

果樹園にカダルの姿を探しているのだが、ここ数日会えないでいる。

そのあとは、今日も今日とて鍛冶の日。ティナの分を作ってしまわないと。

ティナの希望はハンマー、ピコピコハンマーではなくハンマーだ。なんでだって思うが、本人の希望なのでしょうがない。せめてフォルムは可愛く……できるだろうか？

さすがにカンカンはやらず、木彫りで形を作って、粘土と砂を混ぜたもので鋳型《いがた》を取る。形はシンプルに円筒形の頭に柄をつけただけ――も、どうかと思ったので、円筒形の上にリスが抱きついてる形にした。リスのモデルはエンの精霊だ。よし、可愛い！　……ような気がする。

四角い木型の真ん中に木彫りのハンマーを入れて、砂を詰めて外側からごすごすと突き固め、ひっくり返して上にまた木枠を嵌めて、湯道を確保して砂を入れまたごすごすと。何か液体みたいなのが出てくるのだが、精霊だ。ごすごすでも出るの？　砂固めてるだけなんだが。

とりあえずここでお昼、本日はお弁当。ご飯に梅干し、厚焼き卵、ウィンナー、一口カツを半分に割ったやつ、濃い緑に少しだけ黄色い花の咲いた菜の花、果物はウサギリンゴが待機。

外で食べるお弁当は美味しい。ちょっと前までずっとキャンプ状態で野外飯だったけど、お弁当はまた格別だ。

食後はまた草原《くさはら》に仰向けになって空を眺める。冬の間はぐずついていた空が、春に変わった今は雲1つなく青い。リシュも今日は寝るつもりなのか、俺の隣でくるくると回って寝場所を確かめ、丸まる。食べてすぐに眠ると食道炎とかを起こしやすいって聞くんでよくないんだけど、満腹にこの陽気はちょっと我慢ができない。そこは【治癒】さんに頑張ってもらおう。

起きたら型を抜いて、いよいよ溶けた鉄を流し込む。湯口にオレンジ色の鉄が流れ込む時に、精霊が生まれ、四方に散って、すぐに細かいのに変わる。最初は溶けた鉄が跳《は》ねたのかとドキッとしたが、線香花火みたいなのが俺の周りにたくさんできていてなかなか綺麗だ。

その後はディノッソの炎の大剣、アッシュの緑と水と風の剣、レッツェの「地味にしろ」と釘を刺された大地と緑の剣、クリスの光の剣、ディーンの炎の大剣。あまり鉱石を使わない3人には、解体用のナイフつき。

なおディーンは結局、ディノッソと似たやつで！　との希望。王狼大好き男全開の時は、気持ち悪いものを見る目つきで見てしまう俺だ。クリスは下手をするとディーンと一緒に盛り上がり始めるし、レッツェも呆れながら放っておいている。なんというか、奴らの世代で王狼に憧れない方が少ないいんだそうだ。

慣れているせいかディノッソ本人はスルーだ。伝説の男は、冒険者ギルドに行くともっとすごいらしい。すごく面倒臭そう。

さて、これで一段落。

いつもは夕食を食べてから風呂だが、ここ数日は風呂が先。風呂上がりに牛乳を1杯飲んでから、食事を作り始める。

アサリの酒蒸し、天ぷら、ご飯と味噌汁。春の風景を見てたら山菜の天ぷらが食いたくなった。たらの芽、独活《うど》、コシアブラ、コゴミ、蕗の薹。烏賊《いか》に車海老、ハマグリ、キス。

海老は丸まらないよう、切れ目を入れて水気をよく切る、特に尻尾。烏賊は皮を剥いて適当な大きさに切って紫蘇を巻く。ハマグリを剥いて水気を拭き取る。開いたキスの身も綺麗だ。下ごしらえは完了、今日は揚げたてを食べたいので台所で立ったまま食べる。

まずはアサリの酒蒸し、この時期の貝は卵ができる前でぷりぷりに旨味を溜めている。少々行儀が悪いが、貝殻を指で摘んで出汁と散らした三つ葉ごとぱくっとやるとたまらない。

独活は独特のすっとした味、蕗の薹はほろ苦い。車海老はからりと揚げてぷりっぷりの海老を楽しむもよし、半生の甘さを楽しんでもよし。

季節を無視したものも混じっているけど、全部美味しい。幸せすぎる。

食後はリシュが肉を食べているのを眺めながら、暖炉のそばで図面を見ながら必要なものをチェックする。ほとんどは職人に任せるつもりだけれど、窓用のガラスは作らないと。その前に島に行って、金銀コンビの仮住まいを借りよう。島の人に手伝いも頼んでおかないと。不便な島なので現金収入は貴重だろうし、外から来た職人だけが稼いでいたら面白くないだろう。

明日は剣を渡しに行くつもりだが、怒られる物件が混じっている気がする。いやでも、もともと精霊剣の依頼だし大丈夫かな？　うん、たぶん。

翌日は昼前からナルアディードの商業ギルドで、アラウェイ家経由で土地ごと俺が買う城塞跡の持ち主というか、島の領主と交渉した。もう土地自体の値段はまとまっているのだが、税金の話を持ち出してきた。アラウェイ家の目がなくなった途端、色々欲が出てきたのだろう。

「島ごと管理を任せる代わりに、税は年に3万でどうじゃろう？」

「特に島は不要です。ああ、窓を多くつけるつもりなので、100なら考えます」

小舟の漁と出稼ぎで生計を立てている島民15人の島の税収なんて、たかが知れてるのに、思い切り吹っかけてきた領主。まるっと放置してたくせに。なお、建物そのものの税金は、普通、間口の広さと窓の多さで決まる。

「1万では？」

吹っかけた自覚があるのか、いきなり半額以下にしてきた。

「窓を減らしましょうか、50」

「はっ？」

固まる領主。ナルアディードの周辺は商人が力を持っている。強権の貴族が後ろについている商家も混じっているので、その辺の島をいくつか持つだけの領主は権限が果てしなく低い。ナルアディードの本島自体は、市場税や港の使用税やらで何もしなくても領主は潤っているのだが、周りの大小の島は人が住まないものも多く、なんの上がりもない場所の方が多い。

「まあ、こちらはあの島でなくても構いませんし。……アラウェイ家がせっかく間に入ってくれたのですが、残念です」

にっこり笑う俺。

「……」

脂汗《あぶらあせ》を流して黙り込む領主。なんのためにアラウェイ家を間に挟んだと思ってるんだ。繰り返すが、この周辺は商人の方が力が強い。

「ではこちらの内容で契約をいたします」

「お願いします」

「うむ」

200で契約完了。ちょっと上げたのは、代わりに俺がどんな家を建てて、島でどんな収入を得ようと、税はこのままという一文を入れてもらったせい。商業ギルドで一番精霊の呪いの制約がきつくて、期間もない契約「本」にしてもらった。結局、島ごとの管理を受け入れた。金額は島民の税金込みで、俺が自由に賦役《ふえき》や税を課していいことになった。土地の売買の許可も俺だし、島民15人ほどだけど、実質領主代理みたいな何か。

まあ、わざわざ人を雇い、舟を出して見回って税を取り立てるより領主は断然お得だし、俺の方も年200で島への手出し口出しを封じたと思えば安いもの。治外法権、治外法権。

一番お高い契約の用意と立ち会いを商業ギルドに依頼したので、商業ギルドの保証もついたし。ちなみに精霊の呪い付きの「契約」と「誓文」の大きな違いは、実際に違《たが》えると精霊の呪いが発動するのが契約、違えようとすると呪いが発動するのが誓文だ。

顔の割にえげつないですな、とか言われたけれども。夜に叱られるイベントが待っているから領主に八つ当たりをしたわけじゃないぞ。


飯を食って、島に渡って島民と話す。昼間は漁に出ていて留守が多いけど、残って漁具を直している老人や女性、子供がいる。

「領主代理、ですか」

「そういうわけで働いてもらいたい。――ああ、賃金は払う」

「徴税《ちょうぜい》ではなく？」

「うん。とりあえず今は空き家を案内してもらいたい」

メインの働き手は海に出てしまっているので、正式な交渉は明日になるけど、前振り。なお持ち主のいない家屋は土地ごと領主に戻されるので、自動的に俺のものになっているという。

とりあえず領主への払い忘れがないように気をつけないと。契約を違えた時のペナルティはもちろん俺にも来るからな。商業ギルドを通すことになっているので、金に余裕ができたらまとめて何年か分預けておこう。

子供たちの案内で、いくつか空き家を見て回る。金銀の分と、俺の家を建てる職人さんの仮住居にできそうな家を探している。

子供の後ろをついてゆきながら、集落の人たちは何ができるのかを老人に尋ねる。

簡単な家の修繕《しゅうぜん》、納屋の建設、井戸浚《さら》いなんかはできるらしい。あとは当然、舟の操縦。隠れた岩礁の多いこの島の海を器用に進んで、職人の迎えやらで働いて欲しいところ。

思いがけず島全体が利用できることになったけど、計画は当初通り。さすがに規模を広げるだけの金がない。領主に支払う金額も想定よりオーバーしてるし。ああ、でも空き家が自由に使える分は浮いたか。

一通り案内してもらって、本日の島の訪問は終了。昔は腕のいい漁師だったという老人にナルアディードに送ってもらう。行きに頼んだナルアディードの船頭は、おっかなびっくり舟を進めていてドキドキしたのだが、老人ははるかに腕がいい。揺れないし、針路に迷いがない。

「すごいな。あとで舟の操作を教えてくれるか？」

「はは、年季だけは入っとるからね。興味があるなら手ほどきはするが、島の周囲は岩礁だらけだ、危ないねぇ」

海は濃い紺碧《こんぺき》、浅い場所は綺麗に澄んだアクアマリン。浅い場所にも深い場所にも岩礁が顔を出し、海水に隠れても数多く存在している。昼間なら海が澄んでいるので、隠れた岩礁も近づけば見えるのだが、小舟は海流に流されやすい。その海流は、風やナルアディードに寄港する大型の帆船の起こす波で気まぐれに変わる。

「でも、ナルアディードから島に来る時、あっちの船頭じゃ怖くて」

「はっはっ！　奴らは普段、陸の近くで船から陸、陸から船へ人を送るくらいだからな」

とりあえず操船の先生ゲット！

◆◇◆◇◆

本日の余った時間は森へは行かず、カヌムの家の屋根裏部屋の手入れ。梁《はり》を残して天井の内側に板を貼り、中庭を挟んで広い方は真ん中に壁を作って区切ってある。

中庭側の部屋に棚などを追加して、奥の部屋にスプリングを自作したベッドを入れるところまではやってある。中庭側の部屋は、階段を上がるとすぐに部屋がある感じ。

奥の寝室に絨毯を敷いて、ベッド脇にサイドテーブルを置き、そこにランプ。棚と空箱の設置、棚の上にはキルトを敷いた籠。はい、大福の寝室です。ごそごそと色々配置して、軽食の用意も完了したところにディノッソたちが来た。

「はい、はい。ここ土禁、これに履《は》き替えて」

3階に案内して、部屋履きを出す俺。キルトでできたハーフブーツみたいなやつだ。

「……ノート？」

3階を見回してしばし固まったまま、執事に呼びかけるディノッソ。

「範囲外でございます。人目につかない場所の家具の類は——」

そうです、執事の言う通りセーフのはずだ。

「よし、お前と俺の文化は違うことがわかった」

レッツェが最初に靴を脱いで履き替え、部屋に入る。

壁に巡らせた棚には酒とガラスの器、天井から高さ違いに下げたランプたち。暖炉の位置に鎮座するクッキングストーブ——石のブロックも使って暖炉寄りのデザインにしてあるが——、その上の薬缶《やかん》。座面と背に織の厚い布を張った猫足の椅子、もちろん中綿入り。綿がなかったんで羊毛だけど。どっしりした絨毯と、ごろごろするためのクッションと寝椅子。

「明るいな……。顔？」

棚に置いたランプは、後ろにつけた反射鏡をまんま鏡に変えた。ガラス板を作る実験のついでに銀鏡《ぎんきょう》反応実験もして、ガラスに銀をくっつけて鏡にした。雷銀《らいぎん》がうっかりできて爆発したのは忘れたい思い出。化学実験は調子に乗ってはいけない。【治癒】のお世話になりました。

「……いや、うん。外に出せないものが増えただけだな」

レッツェの中で何か折り合いがついたらしい。

「うわ、きもっ！」

「映ってるのは自分の顔だぞ、ディノッツォ」

「顔の話じゃねぇ！」

鏡を覗いて嫌そうなディノッツォに言ったら、否定が返ってきた。

「ここまではっきり映るとは……。ぜひお売りいただきたい」

「順調に流出させてんじゃねぇよ」

あちこち見て回る3人を放置して、コーヒーを淹れる。ディノッツォと執事は紅茶。ゲーム用の丸テーブルとは別に、2つのティーテーブルを配置している。

つまみはフライドポテトとポップコーン、ジャーキー。もうちょっとしたらドリアを焼く予定で、そっちも棚にスタンバイ。なじみやすそうなところから食材を増やしていく方向だ。

「茶が入ったぞ」

「おう」

「ありがとう」

「ありがとうございます」

まだ周りを見回して落ち着かない感じだが、3人とも席に着く。

「今日は武器だったな」

「はい」

ディノッソの確認に、素直に返事をする俺。

「……いきなり顔を逸らしたな？」

「頑張ったんだけど力及ばず、希望に沿えていないのがこうですね？」

出禁にしてみたりしたんだが。

「ああ、気にするな。精霊は気まぐれなのはわかってる」

「漏れ聞く伝説の精霊剣の打ち手も、思い通りに作るのは難しかったと聞きます」

レッツェは黙っているけど、思ったよりも叱られない気配！

「とりあえず出してみろ」

「では、まずはお子様向けシリーズ」

上に置くと机が壊れそうなので、保護者のディノッソに渡す。

ティナのハンマー、バクの大剣、エンの片手剣。

「リスが可愛らしゅうございますね」

「ティナのハンマーは、なんか魔力を込めると、殴る瞬間大きくなるのが特徴です」

「は？」

「バクとエンの剣は、魔力を込めるとなんか伸びます」

「おい」

「奥さんの剣の片方は氷属性で普通」

「待て、普通じゃない冷気出してるだろうがよ！」

「もう片方はなんかエナジードレインがつきました」

「レイスでも憑けたのかよ！」

カンカンしてた時、確かにレイスや吸血鬼にダメージが行くとか考えてたのは否定しない。

「あ、ノートの武器も同じ効果だから。あとこっちは視力を奪う効果、これは毒ね」

「軽く言われましても……。ですが、確実にレイスなどに効果がありますな。ありがとうございます」

エナジードレインは、生命を吸うというより人のエーテル体にダメージを与える感じ。なので肉体を持たないレイスにも有効。

「物騒な武器ばっかじゃねぇかよ！」

だって暗器なんだもの、イメージこうだろう？　仕方ないじゃないか！

「ディノッソの炎の大剣は火属性ね、ちゃんと燃えるから。これは普通」

「普通じゃねぇ気配しかしねぇよ！」

「これ、俺も受け取らなきゃダメか？」

椅子を引いて腰を浮かせながら言うレッツェ。逃げる準備はやめてください。

「レッツェのはちゃんと地味に作ったぞ？」

「本当か？」

「本当、本当」

肉厚の剣鉈《けんなた》。刃は鈍色、背の部分は黒に見える茶色で、やはり黒に見える深緑の蔓草の模様が浮き彫りになっている。俺は彫った覚えはないけどね！

「お、地味……。いや、待て。ディノッソとノートが引いてねぇか？」

剣を手に取ったところで、レッツェの声のトーンが変わる。精霊が見える2人は、精霊の力の宿るものに敏感らしい？　よくわからん。

「こちら魔力が使えなくてもお願いすれば、勝手に魔力を吸い取って発動してくれる剣です」

「それは発動していいものなのか聞いていい？　これ俺触ってて平気？」

「大丈夫、体に悪いものじゃないです」

ちょっとエロゲの悪役みたいに触手が出せるだけです。麻痺《まひ》とエナジードレインつき。

「お前、デスマス調の時は後ろめたい時だろ！」

「俺に向けるな、俺に！　好みの女騎士とかにするべき！」

「何をつけた、何を⁉」

一部の人には浪漫だ、たぶん。だからこっちに向けるな！

「あ、こら！　巻き込むんじゃねぇよ！　俺を盾にするな！」

背中に隠れて、ディノッツォを押し出す。黄金の盾を使ったのだ、がんばれ金ランク！

「ほっほっ、コーヒーのお代わりをご用意いたしましょうか」

３人でぎゃーぎゃーやっている横でサイフォンにコーヒーをセットする執事。無駄に優雅。

「大丈夫だ、ちょっと蔓草が伸びて、対象の行動を奪ってエナジーを吸ってくれるだけだ」

ツルンとした何かじゃなくて、蔓草だからセーフだ。触手は冗談です。

「あと使っていて仲良くなれれば、吸った分ちょっと色々回復してくれる」

「仲良くってなんだ、仲良くって！」

そう言ったレッツェの手を、剣からちょろっと伸びた細い蔓の葉がさわっと撫でる。

「……っ⁉」

「たまに日光に当ててあげてください。あと水やりも」

固まったレッツェに扱い方を伝える。

「およそ剣の手入れ方法じゃねぇな。まあ、頑張れ」

「話を聞く限り、敵の足止めには有用かと」

うわ～って顔しながら投げやりに言うディノッソと、笑顔の執事。

「最後はアッシュの剣ね。こちらになります」

青みがかった両刃の大剣。大剣といってもディノッソやディーンの重量感のある殴るタイプの剣ではなく、すっきりと長い。２人のも斬れるようにはしてあるけど、アッシュのは完全に斬るタイプ。刃の上を常に薄く水が覆《おお》い、剣を振るいながら魔力を込めれば、その水を鋭利な刃物のように風で飛ばすこともできる。

「美しく、清廉な剣でございますな」

剣を眺め満足そうな執事。

「こちら、水に麻痺毒が混ぜられます」

固まる執事。

「清々しい顔して酷いこと言うんじゃねぇよ！」

「何をどうしたらこうなるんだ？」

「子供たちの分は精霊を出禁にしたんだが、その場で生まれるのは如何《いかん》ともし難く。出禁を解いたら解いたでなんか張り切っててですね……。決して俺が選んでつけた効果じゃないぞ？」

俺は頑張ったので、無罪ということでひとつ。――ディノッソに頭頂部を拳骨《げんこつ》でグリグリされました。ハゲる。

「最初に預かった剣は売っちまってよかったんだよな？　アメデオとかいうのまで纏わりついてきて、面倒なんで他の誰かに譲りたいんだが」

ジャーキーを片手にビールを飲むディノッソ。

「アメデオに売ったらどうだ？　法外な高値で。そのあと誰か面倒なのに精霊剣のことを聞かれたら、余ったのはアメデオが持ってるってなすりつければ」

まともなビールを3人に出し、俺は炭酸水。まともなというのは、水代わりではないちゃんとしたアルコール度数があるやつね。

「一番しつこいのがアメデオたちなんじゃねぇの？　――この酒やばいな。すっきりする」

「いやあ、そのうち勇者の使いっぽいのが来るかと思って」

多分長旅を嫌がると思うので、本人たちは来ないだろうけど。

一応、まだ大国がどーんどーんとあって、こんなに分割されていなかった頃は、旅人用に3日に1軒は辿り着けるよう宿屋が整備されていたらしいのだが、潰れた宿も多いので期待はできない。大人数で天幕と風呂桶を持って旅をしたとしても、少なくとも姉は1週間もたずにギブアップすると思う。俺は最初が過酷だったから慣れたけど。

「いらっしゃるのですか？」

「わからないけど、稀少とか1点モノとか大好きなのがいるし」

「面倒な者同士をぶつけるのか」

考え込むディノッソ。

「とりあえず他の精霊剣は見せてないんだろ？」

「俺とシヴァのは、契約してる精霊が力を込めてくれてるタイプの精霊剣。剣自体は業物《わざもの》ではあるが普通だな。長年使ってるんで属性剣くらいにはなってっけど」

「まあ、剣のことは任せる。ドリアが焼き上がった」

「チーズ焼きですか？」

クリーミーな牡蠣ドリアにしようかとも思ったのだが、今回はチーズがっつりのベーコンとほうれん草のドリア。でかいソーセージを1本載せて出す。米と牡蠣、食べたことがないものを2つ重ねるのは避けた。ほうれん草もないだろうけど、味は濃くないしそこは気にしない。

「お、美味い」

「これも美味いな。こっちのフライドポテトだっけ？　これも塩気がいい」

「この酒に合いますな」

とろりととろけたチーズと、焦げてパリッとしたところを一緒にすくって口へ。熱いが美味い。食べ続けるとしつこくなりそうな濃厚な味をご飯が和《やわ》らげてちょうどいい。

固めのソーセージをバリッとやって、炭酸水で熱々の口の中を冷やす。

「ああ、そうだ。複数でも大剣でもない人には鉱石の差分、解体用ナイフをつけるから」

「また変なやつじゃねぇだろうな？」

ジト目で見てくるディノッソ。普通ですよ、普通。

「とりあえず綺麗に解体できるよう、スパッと行くやつだな」

「スパッと」

なんかレッツェが半眼だけど気にしたら負けだ。

「うん。ただなんでか知らんけど、本当に解体だけ。倒したあとじゃないと鈍《なまくら》だ」

「なんで作った奴が知らないんだよ」

疲れた声を出すレッツェ。

たぶん俺のぼんやりした考えを読み取って、なるべく希望は叶える！　要らない機能は棄《す》てる！　みたいな協力をしてくれた結果なんじゃないかとそこはかとなく思うが言えぬ。

子供たちの武器を作っていた時は、「子供は成長が早いからサイズが合わなくなるかな？」と思ってたし、やたら麻痺が多いのも、俺の敵を無力化するイメージが「殺すこと」よりも「動けなくさせること」だからだろう。ディノッソとディーンの火とクリスの光は、イメージしやすかったのでそのまんまだけど。クリスの光のレイピアは、魔力を込めると明るくて、坑道に行ったら便利そう——じゃなくて、敵を怯《ひる》ませ一時的に視力を奪う。ついでに味方の視力も奪うけど、単純に強い発光物なのでまあ仕方があるまい。

ところでなんかディノッツォがビールを立て続けにあおっているのだが、あれはあとでシヴァのお説教コースじゃあるまいか？

「俺も飲む。強いのあるか？」

「気持ちはわかりますがあまり無理はされない方が……」

「いや、もう意識を飛ばしたい」

執事がやんわり止めるが、レッツェは酔っ払い志願者だった。

初めて酔って醜態《しゅうたい》を晒す時は別として、それ以降は酒のせいではなく本人の資質だと思う。なので酔っ払ったら付き合いたくない人とは、通常時も疎遠にしたい、と思う。

俺自身がまだ酔ったことがないからそう思うのかもしれないんだけどね。なお、ディノッツォ、ディーン、クリスは、酔っ払わせると面白いので飲ませる方向。

「じゃあこれ？」

強い酒というとテキーラやウォッカが浮かぶけど、あいにく食料庫にない酒だ。俺の持ってる酒の中では、多分ウイスキーが一番度数が高い。

棚からグラスを選ぶ。【鑑定】さんの言うことには、グラスの縁が薄いほど口当たりがよくなるそうだ。まあ適当でいいか。一応なるべく縁が薄いグラスを選んでウイスキーを注ぐ。

レッツェは酔うと少しぞんざいになるのだが、酔っ払ったディーンたちの扱いとしては妥当。

「はい」

綺麗な琥珀《こはく》色。

「こりゃまた割れそうなグラスだな」

「美しゅうございますな。グラスも酒も」

「いい香りだ」

興味を示した執事にもウイスキーを渡す。執事が酔ったところは見たことがない。

「ジーン様のお宅の酒は、見目も綺麗で素晴らしいです」

「ああ」

笑顔でグラスを傾ける2人。

「ぶっ！」

「……」

一瞬、吹き出しそうになったところを飲み込む2人。

「火酒かよ！」

「これはまたキツイ酒で」

執事は平気そうだが、レッツェがちょっと咳《せ》き込んでいる。

火酒は北の民族が好んで飲む酒で、ビールなんだが度数がすごいやつ。日本では作られてないけど、海外では度数の高いビールが存在する。アルコール度数60度を超えるんだったかな？ウイスキーはアイリッシュコーヒーが飲んでみたくて確保した酒なので、飲み方に詳しくない。だけど考えてみれば、ストレートで飲む時はワンショットとかツーショットとか——少量だった気がする。なみなみと注いだね！　ＨＡＨＡＨＡ！

翌日、レッツェを転がした部屋を覗くと大福がいた。レッツェに寄り添って寝てるのだが、寄り添ってる部分が大福のケツ、しかもレッツェの顔に。添い寝を羨ましがっていいのかちょっと悩む。

窓の鎧戸を開けて部屋に籠もった酒の匂いを払う。昨夜窓辺に置いたレッツェの剣が、陽光に喜んでいる気配。得意げに尻尾を振るう大福を撫でようとしたら、レッツェが起きた。

「おはよう」

「おはよう、すまん。頭いてぇ」

起きたレッツェをつまらなさそうにちらりと見て、俺を踏み台に棚に飛び移る大福。さっさと箱に入ってしまった。ふむ、箱の方が好き、と。ああ、でも暖かくなったら籠も使うかな？

「……なんかいるのか？　猫のやつ？」

「そう」

多少ヒントはあるものの、俺の視線の動きだけで、寝起きの頭ですぐ精霊と答えを出すところがすごい。俺がわかりやすいだけなのか？　執事やディノッソは——ああ、執事は笑顔で目を細め、ディノッソは怖い顔で目をすがめてる。視線の動きを悟らせないためかもしかして！

「また何か変なこと考えたな？　目を開け、目を」

薄目にしたら却下を食らった。おのれ、酔っ払って潰れたダメな大人のくせに！

「って、待て。ひどい」

レッツェが窓辺に置いておいた剣を見て言う。

「なんで植木鉢に刺さってんだよ！」

「え、いや蔓だし？　水やりはしといたぞ？」

「……っ」

自分の上げた声が響いたのか、レッツェが頭を抱えてベッドに倒れ伏した。

「頭痛え」

「二日酔い」

「……。絶対違う」

レッツェを送り出して、俺はナルアディードへ。

5章　島の拠点を本格的に

ナルアディードの市場で適当に野菜と小麦を買い、船屋《ふなや》に向かう。島の住人が懇意《こんい》にしている船屋で、先代は島から婿入りしたのだそうだ。岩礁の多い面倒な海に行きたがる船頭は少なく、俺はこの引退した先代に頼んでいる。前に、島から送ってくれた船頭さんなんだけどね！

桟橋《さんばし》の近くに人が見える。俺の乗る小舟を目視して誰か声をかけたのか、着く頃には15人ほどの村人が全員いるんじゃないかという状態に。今回は、働き盛りの男たちも漁に出ずにここにいる。購入した野菜や小麦は今日の日当代わりだ。

「本日はお集まりいただき、ありがとうございます。ソレイユと申します」

農業文化圏なら皆様の太陽《ソレイユ》となれるように〜とか、うまいこと言おうかと思っていたが、恥ずかしいのでやめた。漁業だし。とりあえず俺がやろうとしていることのざっくりした説明と、手っ取り早い利益の話、俺の代わりに島に在住する2人がいることを話す。

どんどん島から人が出ていっているだけあって、島の暮らしは楽ではない。ぶっちゃけ生活どころか、食うのもかつかつのようだ。魚が豊富なんで嵐が続かない限り飢えるまではいかないけど、金になるほどではないらしい。まあ、ここで獲れる魚はナルアディードでも獲れるだろうし、小舟しか出せないんだから仕方がない。

現金収入の話に、子供たちも含めてみんな真剣。子供たちは前回来た時に飴《あめ》で懐柔《かいじゅう》済みだ。大人たちには持ってきた食料が効いているみたい。

まず島民には井戸掘りを頼んだ。正しくは城塞にある、使われず崩れた井戸の井戸浚い。結構掘らないと潮辛いらしいので、底が砂で埋れた空井戸とはいえあってよかった。新しく井戸を掘るとなると、硬い岩盤を壊さないといけないので、島人にはさすがに無理。

今使える井戸は集落に1本あるだけなので、とりあえず自由に使える水の確保。城塞の広場と建物の地下の2本だ。

日当とは別に、龍馬《りょうま》の居眠り堤の話を参考に、2日後と4日後、完成時に進みが早く出来のいい方にボーナスを出す。なお怪我は減点。俺はその間に金銀の仮住まいの修繕。

7日後、井戸の砂浚いが終わった。ちょっと不格好だけど、石も積み上げてくれている。ついでに金銀も島に来た。

「早くないか？」

「貴方が言いますか」

「意味がわからん」

何か言いたいっぽいのだが言えないことらしく、微妙に痺れてるのか？　みたいな感じでぷるぷるしてる2人。誓文が効いている様子。

「とりあえず仮住まいを用意したけど、家ができるまで泊まるなりナルアディードから通うなり好きにしてほしい」

まだ整え切ってないけど、あとは2人に好きにリフォームしてもらおうと思いながら家に案内する。集落の外れの一番城塞に近い広めの空き家を修繕した。

「どういうことですか？　私たちより早いなどあり得ない」

「あからさまにおかしい」

「お前らもな！」

ずっと黙っていたのに、扉を閉めた途端早口で言ってくる2人に、鎧戸を開けて光を入れながら短く返す。何をどうやって半分以下の日程で来た？　開けたそばから鎧戸を閉める金。

「妖精の道を通ってきました。私どもはチェンジリングです」

「おい、いいのか？」

金の告白に、銀が少し戸惑って聞く。鎧戸を閉めたのは声が外に漏れないようにか。

「誓文で縛られているのはお互い様でしょう」

言いふらす気は元よりないが、縛られているかどうかは自信がない俺です。お互いの秘密をバラさない的な縛りなのだが、本人が相手の目の前でバラした秘密は、バラした相手と共有できる。もうバレてるから秘密じゃないしね。

「チェンジリング」

ディノッソは精霊が肉体《にく》を持った不完全な聖獣と、人間の子との取り替えだと言っていた。不完全な聖獣、特に人型は、妖精と呼ばれることが多い。

不完全な聖獣は精霊と違って、聖獣のように普通の人にも見えるし触れるが、容れ物が安定しないので、人の親などに育てさせて形を学習させ、固定するとかなんとか。それが人間側の一般的な理解。図書館で調べたら、もうちょっと複雑というかいい加減だった。精霊のやることに整合性を求めてはいけない……。理由や筋道をつけたがるのはいつでも人間だな。

妖精の道は、精霊界とこっちの世界が交わる境の道。あちら側に行きすぎると帰ってこられなくなると聞く。腕のいい魔術師が金と時間をかけて準備しても、利用は難しいらしい。あと、中にいると気持ち悪くなってくるそうだ。

「ええ。どちらが妖精かはご想像にお任せします」

「いや、絶対お前だろ」

「……よくおわかりで」

妖精は結構お喋りなのだ。あんまり精霊寄りだと寡黙《かもく》というか、声が聞こえないそうだけど。

「双子じゃなくて、姿を写し取ったんだな。――よく無事だったな？」

後半は銀を見て言う。

いかん、いい加減名前を思い出さないと。誓文の時にサインを見たし、聞いたはずなんだが。

……俺、フルネーム書いてないや。よく通ったな、あの誓文。

「攫われる前に親が気づいた。だが、どっちが自分の子かわからなかったらしい」

「我ながらうまく擬態《ぎたい》したと思いますよ？」

唇に人差し指をくっつけて、金がふふっと笑う。変なの雇っちゃったなこれ。

「ところで金色さんの眷属って、上はカダルだったりするのか？」

誓文の時の様子からして、知っているとしたら金の方だろう。銀はなんかわなわなしてただけだけど、動けてたし。

「名前をお呼びいただいても結構ですよ」

ふふんという感じの金。

「誓文のサインに名はあるはずだが？」

ちょっと俺の記憶力をバカにしてる感じの銀。

「本当に名前を呼んでも大丈夫か？　銀色はともかく金色も？」

金の名前はアウロ、銀の名前はキール、思い出せなくて開き直ったわけじゃない。さん付けなくしてやるぞ、こら！　つい今しがたまで思い出せなかったけどね！

多分キールが味覚がないのって、アウロに人としての部分を写され奪われて、欠けた部分が精霊化してるんだと思うのだが。アウロの方が妖精と思ったのは、よく話すことも理由の1つだが、元が精霊なら味がしなくても気にしないと思うので。クッキーに執着したキールの方は、昔は味がわかっていたのだろうと予想した。

入れ替えられたのはキールもわかっている風だけど、いったいどういう付き合いなんだろうか。あと味がわからない程度の精霊成分ってどのくらいだろう？

「……まさか」

「どうした？」

思い当たったのかアウロが愕然とし、その様子にキールが眉をひそめる。

「あの場にカダル様が現れたのは、誓文のためではなく……」

「名前を呼ばれたいか？」

俺と同じ答えに行き着いたらしいアウロに問う俺。

「いえ。どうぞ私どものことは金銀とお呼びください」

「おい！」

ついてこれていないキール。

「じゃあやっぱりカダルの眷属か」

「はい」

今度はちゃんと返事が返ってきた。

「なんだ一体？　２人だけで進めるのはやめろ」

キールが拗《す》ねた！

「キール、あの時カダル様が現れたのは、誓文のためではなく、眷属である私、いや私たち――精霊とソレイユ様との契約のためだ」

「誓文に書かれたことを基礎として、かな？　俺が名前を呼んだら契約完了だな、たぶん」

精霊との契約は出会いも手順も様々だが、最後は必ず名前を付けるか、すでに精霊が捨て難い名前を持つ場合は名前を呼ぶことで縁が結ばれる。

「とりあえず家が建つまでよろしく」

考え込む2人をよそに、今度こそ鎧戸を開けて光を入れる。薄暗い中で男３人話してるのもどうかと思う。２人は夜目《よめ》が利いてそうだけど。

その後、仕事の打ち合わせ。石工が来て、井戸が使えることや設計図の説明、この島が俺の管理になっていること、島民には賦役ではなくちゃんと日当を払っていることなどを話す。

「ああ、そうそう。これは2人が住むところを整える当座の資金と、あとおやつね」

金の袋とクッキーの袋を取り出すと、キールがクッキーの袋を素早く受け取った。

「クッキーの出所を知るのは影狼ではなく貴方ですか」

ちょっとびっくりしている間に、アウロが金の入った袋を丁寧に受け取る。生産者です。とりあえず黙っとくけど。

島民に紹介して、井戸と島全体を確認して回り、ナルアディード本島に戻る。アウロとキールはしばらく本島と行き来して、住処を整えながら大工を雇ったり建材の注文をしたりすることになるだろう。商業ギルドに寄って、俺の代理人ってことで手配して本日は終了。

それにしてもネックは資材を運ぶ船だな。でかい船は入ってこられないから、どうしても運送費が割高に。予定よりかなりかかりそうなんで、ちょっと頑張って稼がなくちゃいけない。

とりあえずランプをナルアディードで売って、あとはどうしようかな？　大量にある白色雁《しろいろがん》の羽根枕やクッションを処分するのも……いや、家が建ったら部屋のあちこちで使うな。

家に帰ってリシュを撫でながら色々考える。手っ取り早く大金が入る方法はないもんかね？

ジャガイモを浸透させてからじゃないと、他の野菜は買い叩かれそうだし。トマトやキュウリを出すのは、ジャガイモで実績作ってからだよな。苺はそろそろ収穫できるしいけるかな？

でもアッシュが好きで、菓子に結構使うからな。悩みながら眠りにつく。


「おう、アメデオの野郎に剣売ったぞ！」

翌日、アホみたいな大金が懐に転がり込んできた。こんなにするんですか精霊剣？　そしていくら貯め込んでるんだよ、金ランク！

「ローザが顔を青くしてたから、ありゃあ個人じゃなくてパーティーの活動資金に手をつけてやがるぜ。ザマアミロ！　あー!!　すっきりしたぁ！」

よっぽど鬱陶《うっとう》しかったのか、晴れやかな笑顔のディノッソ。

どうやらローザのパーティーはディノッソを諦め、資金調達でしばらく真面目に冒険者稼業に精を出すことになったようだ。報酬《ほうしゅう》のいい城塞都市に移動していった、これで平和になる！

ディノッソと朝っぱらから祝杯を挙げて、喜ぶ。俺は酒じゃなくて炭酸水にライムを入れたやつだったんだけど。資金とローザ、悩みが2つも片づいてスッキリした！

さらに翌日は、梨《なし》の花の下にカダルがいた。ずっと会えないかそわそわしていたので、これも嬉しい。

梨の白い柔らかな花びらを見て、ちょっと日本の春を思い出す。春といえば桜と菜の花、菜の花はあるんだけど桜は植えてないんだよな。一応食料庫に花をつけた盆栽《ぼんさい》のような桜の木があるんだけどど。塩漬けの桜とか葉っぱを好んで食べるわけじゃない、でも桜と梅はなんとなく外せなかった。紅葉も欲しかったんだけど、飾りならともかく紅葉の料理は浮かばなかったのでこっちは食料庫にもない。強くなってもっと知らない場所を探索に行きたい、頑張ろう。

「カダル、久しぶりです」

「ああ、そなたの時の流れでは久しいか」

今気づいたという感じのカダル。精霊の時間の流れの感覚は、何の精霊かで左右される。樹木の精霊であるカダルには、俺とはつい最近会ったみたいな感覚なんだろうか？

「先日はありがとうございました。あの２人との契約でよかったんでしょうか？」

「うむ。細かいのがよく働いておるようじゃが、物を持たせる人手は足らぬようだからの」

ああ。確かに鍛冶をやってる時も、もう２人いたら楽だなとはずっと思っていた。ベッドのコイルを詰めるのも、結局レッツェに手伝ってもらったし。

「だが要らぬ世話だったようじゃ」

「いえ、助かります。契約するまでの安全と猶予《ゆうよ》をいただけたこと、感謝します」

「ほう、一番強い契約を望むか」

「はい」

契約は魔力の強さや事前の準備にも左右されるけど、それを考えない場合、一番強い契約は精霊自身が相手を守りたいとか、相手に使役されたいとか望んでいること。

この者に仕えろと強い存在に差し向けられた精霊と契約する時は、強い存在と差し向けられた精霊の力関係に依存する。精霊は気まぐれで、眷属でも命令の拘束力が緩い場合が多い。逆に未来永劫《えいごう》的な強固な命令もあるみたいだけど、カダルは多分、そこまで強固にあの2人を縛るつもりはないだろう。誓文で気づいて、ならばついでに、みたいな感じだろうし。

「はい」とは答えたし、強固な契約にも惹かれるけど、やっぱり嫌々そばにいられるのは抵抗がある。姉が俺にしてたことと違わないし。

なお、黒精霊を屈服させて契約するのは、命令してないからノーカンで。

「そういえば、この世界で一番硬い木の枝というのはどれくらい硬いんでしょうか？」

「そなたの作り上げた剣で切れぬほどには硬い」

マジか！　カダルが手を伸ばすと俺の持ち物から地図が飛び出し、目の前で広がる。

「ここに生えておる」

指差す場所にバッテン印が浮かび上がる。

「ありがとうございます。この木々で一番早く生るのは梅だけれど、精霊が行き来しているのはサクランボですね。実ったらお出しします」

イシュやパルで、食料庫の植物と交配した野菜や果物なら味がすることがわかっている。

そしてファンタジーなことに、この世界の植物と食料庫の植物の間を精霊が飛び回って交配が起こる。梅はまだこっちの世界で見つけてないので植えておらず、梅の精霊は果樹園にいないのだ。俺の知ってる交配じゃないんだけど、似たようなもの。

「うむ」

ちょっと嬉しそうなカダルが消える。手の中に残された地図は宝の地図風で、テンションが上がる。でもずいぶん北東だな？　魔物は大丈夫だろうか。ああ、コンコン棒ＥＸが手に入るんだから頑張らないと。ちょっとずつ【転移】の場所を延ばしていこう。楽しみだ。


昼はコロッケを揚げてもぐもぐ、春キャベツの千切りももぐもぐ。

齧るとカシュッという衣、ほっくりほんのり甘いジャガイモ。肉入りの方も牛の味が控えめな主張をしてきて美味しい。油っぽさはあまり感じないんだけど、柔らかな春キャベツを口に入れるとスッキリする。春キャベツもジャガイモとは全く別の甘さ。

コロッケはディーンにとても気に入られたし、ポトフに入れたジャガイモはアッシュたちにもありだと言われた。フライドポテトも好評だったし、ナルアディードからジャガイモは無事広がってくれるだろうとちょっとホッとした。

さて、今日はちょっと天気がぐずつく中、せっせとガラスを作る。溶かした錫のプールに静かに溶かしたガラスを流すと、ガラスが浮いて溶けた錫の表面を進んで広がってゆく。

浮いて広がるのが面白いのか、精霊たちがガラスの縁を追っていったり引っ張ったりしている。ガラスは通り抜けられないので嫌いなのかと思っていたのだが、そうでもないらしい。

錫の溶けたものは当然表面が水平なので、綺麗なガラス板ができる。こっちのガラスはフラスコの底を押しつけたような丸いものが並んでいるか、板とはいっても小さく表面が歪《ゆが》んでいるもの。これも高く売れそうだけど、必要以上に作る気はない。

前回の色ガラスの教訓を生かして、本日は始める前に色とりどりの宝石を用意した。嘘です、透明がいいので水晶とダイヤモンドです。これを入れてみても大丈夫か？　みたいな感じで精霊の前に置いたら、溶けたガラスの中に叩き込んでた。

結果、水晶を混ぜたガラスは一方から中がよく見えないように、ダイヤを混ぜたガラスは丈夫な強化ガラスになった。精霊が関わると常識を無視した結果が出るっぽい。イメージ先行？

なお、この世界では色つきの宝石が高価で、ダイヤはすごく安い。ここはあれか、ダイヤを買い占めてダイヤモンドカットを流行らせるコース？

ダイヤは炭素でできてるだけあって燃える、一定温度を超えたら突然真っ赤に発光してぼしゅっと消える感じ。ちょっと楽しい。元の世界で一番傷つきにくい硬度を誇るけれど、分子構造にやたら弱い一面があって、そこを叩くと簡単に割れる。

ガラスが割れるのはガラスを冷まして固める時に、表面に小さな傷が数えきれないほどできるのが原因だって聞いたことがあるので、ダイヤの傷に強い性質をプッシュしてみた。

窓ももちろんだけど、温室が作りたい。目的を考えるとかなりの量が必要になる。マンゴーとかバナナとかをですね……。独立したものではなく、サンルームみたいに家にくっつければ半分で済むか。

そういうわけでせっせと作る。作業を手伝ってくれる人がいると楽なんだけれど。あれだ、これも栽培の技術を売って、作ったのを優先的に回してもらうか。心折れかけてる俺だ。

「妙なことを始めているな」

興味深そうに、錫に浮くオレンジ色のガラスを覗き込むヴァン。神々はいきなり現れるからびっくりする。そういえば、火の属性だったたな。他の精霊と違ってハラルファとヴァンはあまりここに姿を見せない。

興味があるっぽかったのでちょっと手伝ってもらった。素手でまだオレンジ色をしているガラスを引っ張り始めたのは予想外だったけど、とても助かった。

「そなた、結構人使いが荒いな……」

そう言って消えたヴァンは、燃える寸前のダイヤを好んで食べた。どうやら初めて気に入った食べ物（？）だったらしく上機嫌だった、どんな味かは知らぬ。また来るって言ってたけど、今までで一番金のかかる食の好みだよ！　いかん、ダイヤには安いままでいてもらおう……。

いやでも、もしかして鉛筆の芯からダイヤができる世界かここ？　ちょっと研究しよう。ヴアンは坩堝に入れるまでもなく、自分で燃やして口に放り込んでたので手間はかからないんだけど。

後日、せっせと作ったものをそっと倉庫にした島の空き家に運び込んで完了。島は人が増えた。一時的なことだが人口が倍増している。

石工や大工の皆さんがまず自分の住処を整えているところで、これからまた徐々に職人が増える。せっかく整えるならと、一応トイレと下水も整備してもらっている。島民は漁はお休みして、ナルアディードからの食料の輸送や、職人のお世話、下働きと大活躍中。

「人を使うのが上手いな」

「お手本がありましたし」

「今までの先の見えない閉塞感の反動だろう。それに勤勉で粘り強い」

銀は無愛想な顔だけど、俺が持ってきたポップコーンの紙袋を抱えたままだ。ぽいぽい口に放り込んでも、これなら気にならない。

もう少ししたら金銀が大工や石工と話して、俺の希望を込めた設計と現実との折り合いを話し合う。基本の構造は昔の城塞のままなので大きな変更はないはず、と思いたい。

進捗《しんちょく》の確認と、資金の補充を済ませて島を後にする。島民にはともかく、職人にはなるべく会わないようにしているので長居はしない。２人も職人との打ち合わせや、資材の買いつけやら商人との交渉やらで忙しいようだ。忙しいついでに、安いダイヤを見つけたら買い取ってもらうようお願いした。で、俺は2人に面倒を押しつけて北東を目指す。

森に【転移】して魔物を倒して進み、立ち止まっては精霊に名付ける。基本はこれの繰り返し。進んでゆくと広葉樹から針葉樹に変わる。寒いけれど、降雪量が少ないらしく、雪はさほど積もっていない。北っていうと雪深いのを思い浮かべるけど、融《と》けないだけで2メートルも3メートルも積もるわけじゃないようだ。

分厚い氷に覆われ、氷の膨張で入ったヒビが白く模様を作る湖の上を歩く。美しいけれど生き物の気配はなく、精霊が飛び交うだけ。

氷の精霊と眠りの精霊、冷気の精霊。精霊たちの色も氷の湖の色と同じく、白とどこか透明感のある黒。だんだん色のない世界に入ってきた。

先ほどまで戦っていた魔物も出現せず、ただ寒さに震えながら氷の上を歩く。透明度の高い氷の分厚さは湖の色と溶けてわかりづらいけれど、白いヒビを見る限り俺の身長よりありそう。

湖は深く暗く、底が見えない。何か魔物が住んでいてもおかしくはない——こっちの世界の魔物という実在のものより、もっとぼんやりした恐怖のことだ。自然は綺麗だけど、怖い。

寒いから【転移】で家に帰るんだけどな。

「リシュ～」

わしわしとリシュの胸のあたりを撫でる、いや揉む？　やっぱり家はいい。

「ありがとう」

防寒着を脱いで自分の息で凍った首元の氷を払うと、火の精霊が暖炉に飛び込んでゆく。寒かったよな。もう少し魔力を流すべきだったろうか？　でも送りすぎると燃えるし、難しい。

暖炉のそばで服を乾かし、自分も火にあたる。コーヒーを入れて一息。

湖の縁に出た魔物は、威力はそうでもないけど魔法を使ってきた。今まで力押しでくる魔物を相手にしてきたけれど、そろそろ他の戦い方を学習する頃合のようだ。

氷も夏用にちょっと切り出しておくかな？　あの湖の水が飲めるか【鑑定】してからだけど。

そんなこんなでジリジリ進み、アッシュと執事とお昼ご飯を食べ、飲み会を断り、５日。

「……っ」

氷の枝を伸ばす白い木々の間、頭と背に柱状化した氷をつけたフクロウの魔物を避ける。

そのまま蝶の羽根を持つタツノオトシゴみたいな魔物を斬り捨て、また飛んできたフクロウ２匹を迎え撃って一息つく。

どっちも大きさは40センチほどと小さいが、白くて保護色をしているので、油断してのこのこ歩いていると痛い目に遭う。タツノオトシゴの方が遅いのだが、こいつの使う泡の魔法が面倒なので先に倒すようにしている。蝶の羽根は少し金属質というか、氷か結晶のような質感を持っていてちょっと不思議な感じ。

ここに来てだいぶファンタジーだぞ？

この森の白い木々はとても脆く、かしゃかしゃと小さな音を立ててすぐに崩れてしまう。この木の精霊なのか、ただ単に住んでいるのかわからないけれど、小さな丸い毛玉みたいな精霊が1本に1匹いる。木が崩れると無防備に姿を晒し、あっという間に魔物が食べようとする。

周囲の氷と砂糖菓子の中間みたいな木々を、壊さずに戦うのは難易度が高い。もういっそ木も魔物も全部倒して進みたくなるが、家を壊すのもどうかと思うので、我慢して慎重に進む。

俺だって神々からもらったあの家が壊れたら、泣くどころじゃないし。ただ、慎重に進むと、面倒というより寒くて大変。

最初に知らずに壊した木の精霊は、責任を持って名付けて連れていこうとしたのだが、名付けられず。でもふわふわと周りを漂い離れない。時々、契約前に相手を見極めるためか、ついてきて気まぐれに手を貸してくれる精霊がいるそうだが、その状態だろうか？

家に一緒に【転移】していいものか迷う。環境が違うとすぐに消えてしまう精霊もいるからね。氷の精霊を火山に連れてったり——ある程度強ければ別だけど。

そういうわけで家にも戻れず、寒さしのぎにぱーっとやることもできず、コートの中の火の精霊――命名、暖房のダンちゃんに頑張ってもらっている。俺も魔力の調節を頑張ったので、今日1日でだいぶ繊細な操作ができるようになった。

進んだ先に白い森の青い泉。ユニコーンがいる、ユニコーンがいるぞ!? 知ってるファンタジー生物発見! 警戒心が強く、確か、心清らかな乙女にしか心を許さない女好きな生物だったはず。誰か乙女、乙女をここへ!

離れたところでちょっと見学。ユニコーンのツノは高価な薬の材料になった気がするけど、今は周囲に具合の悪い人もいないし金にも困っていないので、ユニコーンのいる風景を存分に楽しむ。ファンタジーですよ、ファンタジー。

満足したところで先に進む。乳白色の霧に包まれた場所をしばらく進む、地面も白っぽく全く同じで迷子になりそうだ。地図があるけど、広域なので微妙な方向調整は難しい。ナルアディードで購入した方位磁石は、壊れやすい木の森に入った時点で役立たずになっている。

何か物があれば、それを目標に歩くんだけど、何も見えない。仕方がないので剣の先で地面に線をつけながら歩いていたが、なんか1メートルくらいで消えてるんだよね……。

どうしようかと思ったら、毛玉がふわふわと先導してくれるみたい? 行き着く先が俺の望む場所かはわからないけど、特にあてもないし方策もないのでついてゆくことにする。

毛玉についてゆくと、普通の森に出た。いや、普通というには、生命力に溢れた新緑の初夏の森だ。木々の葉は美しい新緑でつやつやしていて柔らかそうだし、枝はしなやかに伸びている。暖かい陽気にふわふわと進む毛玉が綿毛っぽく見えてきた。

大きな木々を抜けた先には小さな湖、湖の真ん中には、葉のない枯れ木が1本ぽつんとある。毛玉がその中に入り込むと、途端に木は若枝を伸ばし、金色がかった白い花を咲かせた。花から水がふつふつと溢れる。水滴が凪《な》いでいた湖に波紋を幾重《いくえ》も描き、キラキラと輝かせた。

「資格を得し者よ、そなたの理想は？」

なんか出た！

木の幹から、ミルク色の衣装を着た、背丈より長い広がる木の根のような髪の女性が出てきた。目も口も閉じたままの美しい姿から声が響く。多分神と呼ばれてもおかしくない精霊だ。

──これがコンコン棒ＥＸの木……？

「直径4センチくらい、長さは3メートルちょい！」

「……」

「硬くて折れないのはデフォルトでついてます、よね？」

「……」

要求を述べたら、何か黙ったので大人しく待つ。

「──幻想の地を無傷で渡り、白き精霊を殺すことなくこの地に辿り着いた。そなたの言葉ではなく、見せた行動により枝を授けよう」

え？　困るんですけど。

枯れ木のようだった木は、今は白く輝いている。その枝が1本音もなく折れ、俺の前に漂い姿を変える。希望より短く木刀くらいの大きさ。開きかけた葉と硬い芽がついている。

「おおお！」

握ったら伸びた！　そして縮んだ！

「オレの主人！　さっきはありがとう！　早速、名前を付けてくれ！」

俺の目線のあたりで縮んだと思ったら、ぽんっと葉が開いてなんか小さな精霊が出てきた。

さっきは、ということは、あの毛玉だった精霊か？　――もう名前は決まっている。

「コンコン棒ＥＸ！」

「おう！　今日からオレはコンコン棒ＥＸ、よろしくな！」

ちょっとやんちゃな感じの精霊がニカリと笑う。

「王になり、王を見出す資格を得た者よ。枝を枯らすことなく精霊と共に」

盛り上がっていたら、本体の精霊が何かを告げて消え、周囲も白い霧に包まれて消えてゆく。

気がついたら氷の湖を渡る前と似たような風景の中にいた。もう初夏の森もなく、金色がかった白い花を咲かせる美しい木もない。でも手の中にはコンコン棒ＥＸ。

飛びかかってきたサーベルタイガーみたいな魔物を倒し、もう一度周囲を見回して、何もないことを確認して【転移】。

「ただいま、リシュ」

暖炉の前のリシュが飛んできて、俺の匂いを嗅ぐ。リシュに嗅がれながら、上着の前を開けて火の精霊を解放する。ダンちゃんが温まるために暖炉に飛び込んでゆく。

一通り嗅いで、今は40センチくらいの長さになっているコンコン棒ＥＸに気がついたらしく、こっちを見上げるリシュ、そのまま尻餅をついてお座り。

「いい棒だろう」

リシュの前に座り込んでコンコン棒ＥＸの匂いを嗅がせる。

「よう！　オレはコンコン棒ＥＸ、よろしくな！」

ぽこんと葉が開いて、元気よく挨拶するコンコン棒ＥＸ。

「こっちはリシュだ」

胡散臭げに匂いを嗅ぐリシュ。

「コンコン棒ＥＸは普段呼ぶにはちょっと長いな？　愛称つけるか。なんて呼ばれたい？」

「偉大なるロッドブランチスーパーコンコン棒ＥＸ！」

長いよ！　あと棒とロッドが被ってる。

「よし、エクスにしようか」

「えー。せめて棒！　オレのアイデンティティ！」

「じゃあエクス棒で」

アイデンティティなら仕方がない。

「おう！」

「さて、ちょっと風呂に入ってくる」

精霊の現れた場所は暖かかったけれど、芯まで冷えた状態だったのでまだ寒い。エクス棒を椅子に立てかけて風呂にゆく。体を洗うでもなくダラダラと長湯をして、風呂上がりの牛乳を飲もうとしたら、リシュがエクス棒を齧っていた。

「あ～、そこそこ。あいでででっ！　いや、待ってそれは強い！　そうそうそれくらい」

ちょっと焦ったのだが、どうやら大丈夫らしい。無心にかじかじしているリシュとちょっとうるさいエクス棒をそのままに、牛乳を飲んで一息つく。

本日はお茶漬けをさらさらやって早寝！　明日は何か作って差し入れがてら、森に誘ってエクス棒の自慢をしよう。

朝、森に誘うにも手ぶらではなんなんで、石窯の前で何の差し入れを作ろうかと考える。石窯は暖炉の炭を突っ込んで温度を調整して焼きたいものを焼くか、薪を全て燃え尽きさせて温度を上げ、徐々に下がる温度を利用しながら、入れるものを変えてゆくかのどちらか。

昨日の早寝のお陰で早く起きたから、薪を入れる方法で何種類か作ろう。薪が綺麗に燃えるまで、リシュと散歩。フードを被って山歩き。雨の森も風情があるけど、足元が滑って厄介だ。

戻ると、いい具合に窯の薪が炭に変わったのを確認し、一番手のスペアリブとジャガイモを入れる。二番手は丸いパン、焼き上がりを待つ間にリシュと遊ぶ。今日は畑は休み。

そのあとにピザ、すぐ焼けるので様子を見ながら。最後に、ひよこ豆と春キャベツ、細切りのベーコンを壺に入れたスープを突っ込んで終了。パンとスペアリブの皿を籠に入れて布巾《ふきん》をかけ、エクス棒を持って準備完了。スープは俺の夕食なので、放置だ。


カヌムに【転移】すると、こっちも小雨！　魔の森はお休みしてカードゲームに誘うコースだなこれ。天気が悪くてコンコンしに行けない。

「おはよう、これ差し入れ。今日、暇だったらゲームどうだ？」

「ありがとうございます。本日ですと夜ではなく、昼のあとでしたら。レッツェ様には私からお伝えいたします」

「よろしく」

天気が悪いし、依頼を受けていなければ家にいるはずだ。酒場に行く時間には早いしね。

ちなみにまだアッシュは起きていない。早朝に起きてるのは執事とディノッツォ家だ。ディノッツォは最近、飲んだ翌日とか寝ていることもあるけど、農家をやってたので朝が早い。ディーンたち3人には、起きた頃を見計らって執事が届けてくれるのがパターンと化している。お披露目前なのでエクス棒を隠しつつ、ディノッツォにもオッケーをもらって午後の予定が決まった。

屋根裏部屋の暖炉に火を入れて、俺はベッドにごろ寝。大福が留守なのが寂しいけど、羽枕を抱えて読書。鎧戸がしまっているので、ランプの明かりだけで眠くなる。雨が屋根を叩く音を聞きながら朝寝を楽しむ。こういう1人の時間も静かで好きだ。

「お前の武器が決まったって？」

「うん」

3人がほぼ同時にやってきて、階段を上がりながらディノッツォが聞いてくる。

「ここで出すなよ？　階段落ちはごめんだ」

「部屋に入ってからにいたしましょう」

レッツェと執事が驚くの前提なのだが……。階段を上がり切って、3人と相対する。相変わらず微笑を浮かべている執事、腕を組んで口を引き締めているディノッツォ、どこか諦めたような顔をしているレッツェ。

「では」

もったいぶってエクス棒を取り出す俺。

「枝？」

「棒か」

「棒でございますか」

エクス棒は精霊の気配を消すと、40センチくらいの先の方が枝分かれした棒で、枝に見えなくもない。緑黒色——字面の割に、木の樹皮を指す場合はほんのり緑の明るい灰色だ——で滑らかな樹皮の白樫《しらかし》のような枝だ。普段は先に葉っぱの包みみたいな芽がついた状態で、俺でも普通の枝じゃないのがわかる。形状的に変だから。

「その辺で拾ってきたのか？」

拍子抜けしたような顔で聞いてくるディノッツォ。

「違う。今紹介する」

手に入れるために寒さに耐えて、日数もそれなりにかかっている。

「紹介……？」

レッツェが眉をひそめると同時に、灰色だったのが白く色を変え、先の細かい枝から葉が伸びて、くるくると蕾のように枝の先を包む。

「おう！　オレはコンコン棒ＥＸ！　エクス棒って呼んでくれよな！」

ポンっと音がしそうな勢いで葉が開くと、いい笑顔のエクス棒が現れる。

「……」

「……」

「……」

「俺にも見えるし、声が聞こえるんだが……」

数秒の間のあと、レッツェが声を絞り出す。

「おう！　オレってば高位精霊だかんな！」

「俺が今まで打った剣では歯が立たない程度には硬いんだ」

『斬全剣』なら斬れるかもしれないけど、そうするまでもなく木からもらえた。

「私はノートと申します。エクス棒様でようございました……」

「俺はディノッツソ。これなら変わっちゃいるが、命がけで狙ってくる物好きはいねぇだろ。ついでにジーンの腕力の理由になるしな」

ホッとした様子の2人。

「強い精霊でも、大多数の人間が必要としない属性の存在もございますからな。ジーン様が喜ばれているようで何よりでございます」

「俺たちの心の平安のためにも末長くよろしく！」

「おう！」

元気よく答え、なぜかガッツポーズを取るエクス棒。

「レッツェだ。ところでどこで出会ったか聞いていいか？」

レッツェが少し遅れて自己紹介。

「北東の凍った湖を越えて、鋭利に尖《とが》った頂きを持つ山の麓《ふもと》だな。白い森のなんか霧の先だ」

「ただの霧だったのはご主人くらいなもんだぜ？」

「ん？」

首を傾げると、エクス棒がちょいちょいと、こっちに顔を寄せろという仕草をしてくる。

あの霧の場所は、木々を壊して精霊が食われた数だけ強い魔物が出るそうです。あとユニコーンに何かすると、足元が毒の沼や毒の霧に変わったりするそうだ。えげつない。

「おい、ノート！」

突然座り込んだノートに、ディノッソが驚く。

「まさかお前、コンコン棒くれたのって、湖に生えた白く輝く木からだったりするのか？」

引きつった笑顔のレッツェ。

「ああ。金色で白く輝く花、いや白くて金色に輝く花が咲いてるやつ」

「ああもう、精霊の木じゃねぇかよ‼」

俺が答えたらレッツェが天井を見上げた。半泣きに見える。

「……王の枝」

両膝に額を押しつけるようにして座り込んだノートが声を絞り出す。

「待て、待て。冷静になれ、これが王の枝だったら困る！」

片手で顔を覆って言うディノッソ。顔が赤いんですが、なんでだ。

「王の枝？」

「おう！　試練を越えた奴に与えられる、オレは王が求める枝だ！」

王だからおう！　なのか？

「……王の枝があると、精霊が生まれやすく、集まりやすくなんだよ。勇者召喚をやったシュルムトゥスが大国として揺るぎないのは、そいつがあるせいだ」

レッツェが執事の隣に座り込む。

「あ〜。勇者たちが無茶な魔法使ってるっていうのに、精霊が移動しないのはそのせいか」

1つ納得する俺。

「ついでに申し上げますと、今では少なくなっておりますが、『精霊の枝』は正式には、王の枝から小枝をもらいうけ、安置した場所でございます……」

床に近い場所から執事の声が上がってくる。

「小枝？」

「おう、伸びるぜ！」

葉の一部、葉柄《ようへい》だと思っていたのは細い枝だったらしく、エクス棒の言葉に合わせてひと枝が伸びた。あれ、伸び縮みするのって便利だし俺の希望かと思ってたけど、もともとの能力？

「伝説じゃあ、王のために枝を求めた者には問いかけがあるって話だが。なんて答えたんだ？」

ディノッツォが聞いてくる。

「問いかけ？」

「精霊の木が問い、求める者が誓うのは理想。その理想を違えると王の枝は消えてしまうと言われます……」

膝に顔をつけたままの執事が補足してくれた。

「えーと。直径4センチ、長さは3メートル。……違ってたら消えちゃうのか？」

言いかけて不安になって、エクス棒に問いかける。

「4センチボディ、キープしてるから大丈夫だぜ？　でもたまには長くしろよな！　行動は今まで通りでいいんじゃね？」

笑顔のエクス棒。どうやらどれか1つ守っていればいいらしい。なんか行動のことでどうこう言ってた気がするけど、まあいいか。握り具合はこれでいいので変えることはないと思う。

「いや待て、何を誓ってるんだ、何を」

ディノッツォにエクス棒との会話を聞きとがめられたが、正直に言うべきだろうか、これ。

「なんかノートが酷そうなんだが……」

ずっと床に座り込んでるのもなんなので椅子に移動させたのだが、机に肘をつき手に額を載せて俯《うつむ》いている。

「こん中で一番王家に近いというか、国のドロドロに片足突っ込んでるからな」

ディノッツォが執事を同情の眼差しで見る。

「過去、王の枝を巡っては——いえ何でもありません」

俯いたまま何か言いかけて黙る執事。

「俺の認識だと王の枝の伝承は、荒れた国や疲弊した人々を憂えた英雄が、精霊の導きによって霧の湖を目指し、試練を乗り越え、精霊の木に理想を立てて枝を願う、っつーんだけど。ジーンはまずどうやってその場所に辿り着いたんだ？」

コーヒーカップを手にレッツェが聞いてくる。ここにいる3人は無事、コーヒーに慣れた。アッシュはカフェオレやラテ系なら飲んでくれる。

――そういえば、アッシュが『精霊の枝』を案内してくれた時に王の枝の話をしてくれた。コンコン棒と全く結びつかなかったけど！

「カダルに、この世界で一番硬い木の枝ってどのくらい硬いのか聞いたら、教えてくれた」

「精霊の導きの手順は踏んでるけど、目的が違うだろ。それで試練クリアはおかしくねぇ？」

「普通に進んで普通に着いたんだからしょうがないだろ」

机に立て掛けたエクス棒にポテトチップスをやる。エクス棒は精霊のくせに、ジャンクフード系やスナック菓子が好きな模様。

「……先代に出た王命《おうめい》で、若い頃、王の枝を探しに出たことがありました」

「え」

執事の突然の告白。

「精霊の導きを得た、理想に燃える若者の護衛でございます」

「その若者が王様？」

「いえ。その若者は旅に出る財力も、国を治める知識もなく、あったのは理想だけ。その理想に沿う王を選んだのでございます」

「枝を渡された王が、枝を得た者が、精霊の木に誓った理想を守ればいいんだよ。守らなかった場合は枝が消えるだけだ」

レッツェが説明してくれる。確かに寒さに弱い人は辿り着けないだろうし、王の資格は物理的な強さで左右されてしまうことになる。

「なるほど、だから王になり、王を見出す資格を得た者なのか」

コンコン棒の木に最後に言われたことを思い出す。

「おい、ちゃんと伝えられてるじゃねぇかよ」

「いや、突然王とか出てきて、何の王なのかと思ってた。穴をつつく選手権の王者とか」

「そんなわけあるか！」

ディノッソがツッコミを入れてくる。

「まあ、王はたとえ本人が凡庸《ぼんよう》でも、周囲の人を使うのが上手ければいいってわけだ。で、枝は手に入れられたのか？　そんな話は聞こえてこねぇけど」

レッツェが執事の話の続きを促《うなが》す。

「いいえ、国は枝を手に入れることは叶いませんでした。そして、二度と行けますまい。まず導きの場所は年を通して気温が低く、食料や暖を取るための薪のことを考えますと、どうしても【収納】持ちが必要になります」

「ああ、ここに来てエンの捜索《そうさく》を再開したのはそれが目当てか。シュルムの勇者召喚に他の国も動きが活発になってる、対抗して王の枝を手に入れるつもりなのかもしれねぇな」

ディノッソが言う。【転移】と【収納】持ちの俺はバレたらやばい。

「その後、ようやく白い森に辿り着きましたが、毒の霧に行く手を遮られ、その中で強力な魔物と戦うことを強いられました。何人かの仲間が亡くなり、そこで若者は理想を投げ出したのでしょう。気づけば凍えてはいるものの普通の森の中でした」

「精霊の木を目指さないならネタバラシしてやってもいいぜぇ？」

ポテトチップスをパリパリやりながらエクス棒が言う。３人が目指すつもりはないとわかったので、エクス棒によるネタバラシ。

「基本、これを知ってる奴が1人でもいたら、白い森は現れないからそのつもりでな。まず、森じゃあ弱い者、自分とは違う者を守るかどうかが試されてる。切り捨てた者の数だけ、霧の中に特別な魔物が現れるんだぜ？」

笑いながらエクス棒が言う。

「次に試されるのは欲。食料だったり薬だったり――必要な何かを手に入れるために他者から奪うか。これも霧の中の環境に反映されるんだ」

「なるほど、他者に優しくなけりゃいけないのか」

「いいや？　弱い者を捨てて、奪って、その上で全部倒して進んでもいいのさ。気に入った奴ならともかく、精霊は人の生き死になんか気にしないぜ！」

ディノッソが納得しかけたが、すぐにエクス棒が否定した。なかなか世知辛《せちがら》い感じ。

「試練の過程は、国のあり方を見る感じなんだ。それで贈る枝の属性つーか、枝に寄ってきたり、そばで生まれやすい精霊が決まるんだよ」

「なるほど、我々は白い木を壊しすぎ、そこに住む精霊を見捨てた。それで倒すべき魔物の数が増えたのですね。確かに国の運営も、切り捨てた分、敵も増えますな」

執事が少し納得した顔。

「まあ、白い木を壊さねぇで進むって、難易度高くて普通は無理だと思うけど。人数多いと攻撃を避けるだけで触っちゃうだろうし」

ちらっと俺を見るエクス棒。

「ユニコーンはあれか、魔物と戦って疲弊すれば薬は欲しいだろうし、飢えていれば食料もいる。その時、他から奪うか、味方に我慢を強いるか。ちゃんと選んで進めるか試してたのか」

俺は選びもせず眺めてただけだが。

「うん。その点ジーンは弱い者を傷つけず、その上で白い森の魔物は殲滅《せんめつ》してたし、準備万端で薬も肉も必要としなかったんだぜ！　強くて備えが完璧！　しかもなんか快適！　さすがオレのご主人！」

「快適って……。で？　さっきも聞いたけど、ジーンは理想を聞かれてなんて答えたんだ？」

ディノッソが聞いてきたのだが、言わなきゃダメかこれ？　ここまでの話で、さすがにあの答えはないわなって反省したんだけど。

みんなの視線が俺に集まる。言わなきゃダメな流れ！

「直径4センチくらい、長さは3メートルちょい、硬くて折れないやつ」

エクス棒に目をやって、3人の顔を見ないように言う俺。

「……」

黙る3人。

「そのエクス棒様をどうなさるおつもりでしょうか？」

「晴れたらとりあえずウサギ穴つつきに行こうかなって」

「やめて差し上げろ」

執事の質問に答えたら、間髪入れずにディノッソが止めてきた。

「えー！　穴はロマンだよな！」

だがエクス棒も行く気満々。

「やばい、俺の中の歴代の英雄王が、なんか棒でコンコン始めそう」

レッツェが額に手を当てた。

「だいたい流れはわかった」

しばしの間のあと、ため息混じりの顔でコーヒーを一口飲むディノッソ。

「わかってもらえたか」

「流れはな⁉　前提がおかしいからな⁉」

「まあ、ジーンは望んだモノを手に入れただけっちゃだけだな」

「うん」

そうです、レッツェの言う通りです。

「なんでそれを望んだとか、変だと思わなかったのかとか色々ツッコミどころはあるがな」

肯定しておいてすぐ落とすのやめろ。

「流れがわかったとこで、俺から2つ質問」

ディノッソが指を2本立てる。

「うん？」

「カダルって？」

「俺の守護精霊」

「まさか秩序の精霊じゃねぇよなって、聞きたいけど怖くて聞けねぇ……」

ディノッソが頭を抱える。なんか小声でブツブツ言ってる。

「そのカダルで合ってる」

「トドメ刺してくんのやめて⁉」

がばっと顔を上げて叫ぶディノッツソ。

「2個目は？」

「なんで名前がコンコン棒ＥＸ⁉　絶対厳《おごそ》かな雰囲気だったろう⁉」

なんかやけくそっぽいな。

「いやもう、コンコン棒を手に入れるのに精一杯で。お陰様で理想の棒が手に入りました」

「誰のお陰だ⁉　まさか俺たちじゃねぇよな？」

「そろそろノートが戻ってこられなくなるからやめてやれ」

レッツェの言葉で執事を見たら、机に突っ伏していた。執事にあるまじき姿。

王の枝は、誓った、あるいは願った理想のために精霊を選別する。軍事的に強いことを願えば火や鉱物の精霊が多くなるし、実り豊かな国を願えば大地の精霊が多くなる。そして人が揃って思うのは、黒い精霊がいないこと。

黒い精霊は普通の精霊から変わるものなので、全くいないってことはないけど、大体逃げ出していく。ついでに黒い精霊が撒き散らす細かいのも浄化されるそうだ。

結果、人間が街で魔物化する率が格段に低くなり、魔物も好んで近づかなくなるらしい。

精霊の枝はその劣化版。枝から精霊が生まれることはないけど、精霊がたくさん集《つど》えば生まれるものなので、うまくやれば王都よりも繁栄することも。

精霊の枝のない『精霊の枝』は、精霊憑きの人間が頑張って擬似的にその効果を出している。管理している人間の能力に左右され、魔石を消費するので維持費が大変。ついでに魔物に対しての効果がイマイチらしく、対処は壁を作ったり兵を配備したりと、こちらも人力だ。まあ、辺境は氾濫があると一番先に被害に遭う場所なんで、どこも壁は作ってるけど。

王の枝を持っていることが確定しているのは、姉のいるシュルムトゥス、俺がバスタブなどでお世話になってるパスツール、ナルアディードの本国でカヴィル半島にあるマリナ。

多分持ってるだろうと噂されてるのが、北の民族の地と、シュルムと滅びの国に挟まれた海の上の島国イスウェール。

「結構持ってるとこあるな」

「中原の帝国が崩れてからは、民族同士で争ってたりすっから、効果の範囲が狭いんだよ。それぞれ理想が違うから、精霊の枝を渡しても弱体化するだけだし」

ああ、それで精霊の枝が少ないのか。同じ方向には進めない国がいっぱいなんだな？　伊達《だて》に長年争ってるわけじゃない。

4センチボディで理想がクリアできるなら、1回もらったら王の枝の方は長持ちしそう。

「多いっつっても10に満たないからな？　中原だけでも300カ国以上はあるからな？」

ディノッソが釘を刺してくる。そうなんです、こっちの国は、日本の市より小さいような地域の領主が国だって言い張ってたりするんで、むちゃくちゃ国が多いんです。枝を持ってる国でも日本の県くらいの大きさのとこがあるし、分割されまくり。特に中原は国が興ったと思ったらすぐに征服されて消えてたりで、名前を覚える気が全く起こらない。

「大体理解した気がするけど、特にその効果は要らないなぁ」

「ご主人自身が精霊ホイホイだし、魔物も問題ないし。一応、偏りなく精霊は呼べるけど、オレはご主人の願い通りコンコンするぜ！」

「あ～。それが平和でいいだろうな、出自はバラすなよ？」

レッツェが頬杖をついて気のない言葉を吐く。

「王の枝の多くは宮殿の奥深くに納められ、様々な魔石で飾られておりますのに……」

ちょっと復活した執事。かぐや姫が求婚者に取りに行かせた蓬萊《ほうらい》の玉の枝みたいだなおい。

「オレは外の方がいいな！　でも魔石は大歓迎だぜ！」

「じゃあ頑張って魔物つつこうか」

「魔物もそれでつつく気かよ！」

ディノッソがしばらく騒がしかったが、ようやく落ち着いた。

「難しい話が終わったところで、酒とつまみだ」

本日は氷があるのでハイボールやロックも作れるけど、トランプをするので、まずは飲み慣れてるワイン。つまみはニシンの酢漬けとアンチョビ、オリーブの実、青唐辛子の酢漬け、窯で焼いた芽キャベツ、チーズと生ハム、スモークサーモンとチーズ、厚焼き卵、牡蠣のスモークのオイル漬け、ミニトマトとモッツァレラチーズ――それぞれを串で刺したピンチョス。

手が汚れないいし、好き嫌いを見るのに便利。食べ慣れないもの出しまくってるから、口に合うかやっぱりちょっと心配なのだ。

「あんまり食ってくと子供らに羨ましがられて叱られるんだよなあ」

ディノッソがぼやきながらも一番に手を出す。

「ああ、パウンドケーキ土産に持ってくか？」

「頼む！　うを、ぴりっと来るな」

青唐辛子の酢漬けとアンチョビとオリーブの実のピンチョスを食べたようだ。ディノッソは俺の出すものはなんでも口にする感じ。レッツェは火が通ってそうなものを選び、他のものについては結構おっかなびっくり。執事は人が食べた様子を見て、ということが多い。

「あーくそっ！　10を止めてるの誰だよ？」

「ほっほっ。こちらはエースまで到達しましたので、キングからですな」

「え～！　慣れるの早いよ！」

「単純なルールだからな」

7並べなんだが、エースかキングまで到達した列は、7からの順番ではなくエースかキングから並べ出すことに変わるルールでやっている。10を止めてたらエースまで行っちゃったよ。

エクス棒はポテトチップスをむさぼり食べたら、寝る！　と一言残してただの棒になった。

上の方がテカテカしてたのでおしぼりで拭いてたら、なんか執事が切なそうでした。

外伝1　ディノッツォの場合

「やめろ！　何をする！　剥くな！」

いきなりやってきて、なぜか子供たちを指揮して俺の服を脱がすジーン。

この男は数カ月前、周囲に何もない俺の家に突然現れた。訳あって、人が来ない場所を選んで生活しているというのに突然だ。周囲の山々には川や湖沼もなく、水を手に入れるには相応の労力がいるし、一番近くの村からだって徒歩じゃ2カ月はかかるだろう。でも毎回馬なし。

初対面は、子供たちと手を繋ぎ、家畜を引き連れて楽しそうに丘を歩いてきたという、ツッコミどころ満載の登場の仕方だ。

その後もなぜか時々現れては、畑や家畜の世話をし、飯を食っていった。他の農家の畑も手伝って回ったらしいが、どうも居心地がよくなくって、俺のところに落ち着いたらしい。

普通の農家は生きることで精一杯。畑の状態がよければ、タダで手伝ってくれる奴に愛想よく対応したろうが、何かを与えればすぐにそれが当然になって、ないと責めてくる。旅人には親切なのに、少し親しくなると図々しくなり、結構小狡《こずる》くってたくましい。

ジーンは怪しすぎる男だが、ちょっと考えられないような世間知らず。知識はあるし、目先の利益よりも先を考えられる。

最初は神の域に達した精霊の類かと思ったが、どうも違う。浮世離れしているが、ちゃんと周囲に興味を持っている。俺とシヴァは早々にルフだろうとアタリをつけた。精霊の系譜《けいふ》とも末裔《まつえい》とも言われるルフは歴史上に時々現れる。半分以上は眉唾《まゆつば》だろうと思っているが——。

子供たちはすっかり懐いてしまった。

そして今日もまた、子供たちを指揮して俺を襲わせ、自分は後ろで見ている。

「洗濯するから着替えてくれませんか？」

綺麗な笑顔で俺の奥さんに話しかける。

「おまっ！　朝っぱらから来て何をするんだ、しかもなんで俺だけけっ！」

「あら、いいお洋服。これから子供たちは家畜の放牧で、この人と私は畑なの。汚れてしまうけど大丈夫かしら？」

「それは差し上げるので、とりあえずディノッソの丸洗いをお願いします」

「井戸端で水浴びさせてから着させるわね」

最近は奥さんまで懐柔されてない⁉

「俺をスルーするな！」

今度はシヴァの指揮で子供たちが俺を井戸端に。手を引かれ、腰のあたりを押され、全裸で。

結局何をしに来たのかと思ったら、俺の家の掃除だった。訳がわからねぇ。

馬の嘶きが聞こえた。

子供たちは家畜の世話で外に出ている。シヴァと顔を合わせると、すぐに子供たちを探しに外に飛び出す。エンとティナはすぐ見つかり、シヴァに任せて俺はバクを探す。エンとバクは双子だが、バクの方が少し腕白《わんぱく》で落ち着きがない。――見つけた時にはもう捕まっていた。

「くそ……っ」

「とっとと居場所を言えばいいのに」

バクを人質に他の子供たちの居場所を聞き出そうとするが、一言も喋らねぇ俺に苛立つ男たち。シヴァを殴らないのだけは感謝だ。俺は丈夫だし、クソ弱ぇこいつらに殴る蹴るされたところで屁《へ》でもねぇ。痛いけどな！　奥さん殴られる方が痛いのよ。

こいつらの狙いは【収納】持ちのエン。バクが捕まっているのを見て、シヴァが自分を囮《おとり》に気を引いてティナとエンを納屋から逃した。

「はん、こうなっちゃ、王狼バルモアも形なしだな。抵抗すると子供の方をやるぜ？」

こいつらを倒すのは簡単だが、バクが人質に取られている。バクを俺の方に寄せてくれりゃ、すぐなんとかするんだが、俺とシヴァの実力を知っているのか近づいてきやしねぇ。

男のうち何人かがあたりに散った。ティナとエンが見つかっちまう前になんとかしたい。

「お父さん！」

ティナの声が聞こえて、ぎくりとして見ると、ジーンがバクを抱えた男を殴り倒していた。

「あら、あら」

明るいシヴァの声が聞こえたかと思えば、次々に倒れる男ども。ジーンの呆然《ぼうぜん》とした顔と、流れる血を見て蒼白《そうはく》になった顔色が妙に頭に残った。


「痛そうだな」

「一応、わかんねぇように避けてたから見た目ほどじゃねぇよ。痛えけど」

「そうか」

言葉少なに俺に化膿《かのう》止めの軟膏を塗って、包帯を巻くジーン。

「……」

「……なんか言いたいことあんだろ」

なんでいきなり紋章の入ったサーコートの男どもに襲われてたのかとか。狙われる理由とか。

「ああ……。言っていいか？」

「おう」

ここを引き払うつもりだし、こいつに理由を話すくらいはしときてぇ。

「俺、回復薬持ってた」

「ぶっ！　イテッ！」

今それ⁉　いや、確かに今治療されてたとこだけど、違わない⁉

襲われたことに触れてこないジーンに、こっちから話題を振って礼を言う。

「エンは【収納】持ちなんだ」

「うん？」

「……【収納】持ちなんだ」

「うん」

「……えっと」

薄い反応に目を泳がせる俺。結構すごい告白だと思うんだけど。

「エンの【収納】は、なんにもないところにおっきな机を入れられちゃうくらいすごいんだ！　麦の袋なら10個は入るって！」

「ジーン、【収納】持ちってすっごく珍しいの。それこそ、お城から人が来て連れてかれちゃうくらい！」

荷物を抱えた子供たちが援護射撃。ようやく、ああっと思い当たったような顔をしたジーン。

カヌムに行くと告げたら、ちょっとびっくりした顔をする。

「なるほど。――俺、送ろうか？」

カヌムを目指す訳を話すと、提案してくる。

ルフは妖精の道とか精霊の道とか呼ばれる、異界の道を通ることも可能らしい。多分いつも姿を現すその方法で送ってくれるってことだろう。

これは子供たちにまた旅を経験させたくって断る。それにジーンはいい奴だが、その方法がジーンに影響がなくても、俺たちに影響を与えないとも限らねぇ。特に自我がしっかりしていない子供や精神が弱い奴は、強い精霊の影響で変質することがある。言えば最大限の注意を払ってくれそうではあるが、自分の世話は自分でしたいし、子供たちにも方法を教えておきたい。

馬に乗る前に、子供たちがそれぞれジーンに抱きつく。子供たちはジーンとの別れに涙目だ、本当によく懐いてる。

人のいるカヌムへの移動を決めたのは、場所を突き止められて襲撃されたのが決定打だが、前からシヴァとは相談していた。子供たちはやっぱり人と交われる場所で育てた方がいい。特に同年代の友達ができるようなな。

「カヌムにも来るんだろ？　冒険者ギルドで居場所がわかるようにしとくよ、ルフ殿」

子供たちを男どもが乗ってきた馬に乗せながら、ジーンに告げる。

「ルフ？」

意表を突かれたような顔で聞き返してくるジーン。

「この何もない場所に馬にも乗らずにやってくるって、怪しい以外の何者でもないから気をつけた方がいいぞ？」

ずっと気づかないふりをしていたことを教えて忠告する。

「――カヌムに着いたら『灰狐の背』通りの飛び番Bを訪ねろ。あと、ルフじゃないぞ、俺。怪しい存在ではあるけど」

「ありゃ、外れたか」

自分で自分を怪しいと言ってしまうジーンに笑う。怪しいし、おかしなことばかりだが、いい男だ。

「ちっと子供たちにはきつい旅かもしれねぇけど、まだ俺たちには余裕がある。お前に力があるのは薄々知ってるけど、余裕があるうちはその力に頼りたくねぇんだ」

ジーンは多分、エンの【収納】よりその存在を狙われる。きっとその能力目当てに人が寄ってくる。だったら俺はその能力を利用したくねぇ。

「友達ですものね」

シヴァが笑顔で言う。シヴァがわかってくれて、同じ選択をしてくれるのが嬉しい。

「だからカヌムで会おう！」

笑いながら叫んで別れを告げる。


タリア半島は山が多くて平地が少ない。移動はなかなかきついが、エンの【収納】のお陰で格段に楽だ。まあ、だから狙われるんだが。補給が望めない長旅、軍隊の兵糧《ひょうろう》を賄《まかな》うための荷物持ち、武器の秘密の移動——欲しがる奴はいくらでもいる。

途中で寄った村で、少しずつ馬の餌を買い集め、馬草のない山を越える。山頂に万年雪のかかる山脈は、薪になるような木々もなく、火の使用も食い物の確保も困難。普通だったら越えることはできないが、【収納】にはたっぷりの薪と食料、寒さは俺の炎の精霊に魔力を捧げて頼み、馬ごと暖かな風で包んでゴリ押し。

戦争の続く中原はもちろん、エンの情報を持つ国のそばを通りたくねぇし、住んでた場所を目指してくるだろう第2陣とかち合うのが面倒だった。子供たちにとっては強行軍だったが、山脈を迂回《うかい》すると年単位でかかる移動を、2カ月かからず済ませた。


「こんにちは、人の紹介で訪ねてきたんだが……」

「やあ」

カヌムのギルドに顔を出し、宿を紹介してもらったあと、ジーンの言っていた場所を訪ねたら本人が出てきた。

「ちょっ……、おまっ！」

俺とシヴァはともかく、子供たちはお前の移動能力に気づいてねぇんだよ！　叫んでバラされたらどうするんだよ！！！！

笑顔で挨拶してきたジーンの口を塞いで、家の中に押し込む。

「って、違う！　シヴァ！」

塞ぐのは子供たちだ！

「はい、あなた。——口を開いちゃダメよ？　さ、とりあえずお邪魔させてもらいましょう」

そのあとは無茶苦茶だ。用意してくれたらしい家は中がおかしいし、影狼は出てくるし、てんこ盛り。子供たちは大喜びだし——俺も再会できて嬉しいけど。

俺はこの時、友との再会を喜んで、多少おかしくても気にしないことにした。気にしないことにしたんだけどな？

限度ってもんがあるんだよ！！！！！！　俺を心労で殺す気か！！！！！

外伝２　海岸線

　東に向かうべく森の中を移動中。せっせと地図を広げてるんだけど、これは陸の外周というか、形がわかってから中を埋めていった方がいいかな？　もし大きな街とかあるなら海辺な気がするし。

　そういうわけで、神々からもらった地図の一番東の陸の端に【転移】。地図に出ている場所までは、どうやら俺が守護してもらった神々の力が届いているので、魔法も使えるはず。『斬全剣』を引きつけ、警戒しながらあたりを見回す。

　場所はエス川の東の陸の端。地図上の陸の端に出たんだけど、対岸にさらに陸が見える……。目の前にある水を湛《たた》えるこれは、川だろうか湖だろうか。手前が砂浜っぽいから海だろうか。でも、同じ色の乾いた岩のような土で囲まれているのでよくわからない。それが崩れて砂になってるっぽいし。

「うをっ！」

　のこのこ水辺に近づいたら、でかいカメに襲われた！　カメのくせに俊敏《しゅんびん》！

　砂に潜っていたらしく、突き上げるように姿を現した。曲線を描く頭と甲羅《こうら》から砂が滑り散り、一瞬全容が見えなくなる。チラリと見えた足がヒレだったので、ウミガメ？　確かめる間もなく、何か飛んでくる。

大部分を『斬全剣』で叩き落とし、足元に飛んできたものは移動して避ける。カメの甲羅から、さらさらと砂の流れる音が止まる。

相対したのは、黒く染まったカメ。トラックくらいある？　飛ばしてきたのなんだろう？

「うわっ！」

飛ばしてきたのは、口の中にある無数のツノみたいな突起。口の中が上も下もぐるっと突起だらけでグロい！　また同じように『斬全剣』で斬ったら、斬った突起物から煙だか霧だかがもわっと。さっきは慌てていたので気づかなかったが、あたりを見回すと、落ちた他の突起も割れて、砂の上に赤みがかった霧を漂わせている。

どうやら突起はそんなに硬いものではないらしい、結構なスピードなので当たったらめり込むだろうけど。そして赤いあれはどう見ても毒ですね！

カメの口の中の突起がどんどん手前に移動してきて、口の端で充填《じゅうてん》終了。また飛ばしてきた！

ジリジリ近づきながら突起を叩き落として数分。足元にうっすら赤い霧が溜まっていて、ちょっとピリピリする。海から上がってきた他の魔物がピクピクしながら転がっている。ヤドカリ、ウミウシ――【治癒】がなかったら死んでるコースですね、これ！　我ながら考えなし！
でも飛んでくるものを叩き落とすのは上手くなった。前向き、前向き。

『斬全剣』が届く範囲まで近づけばこちらのもの。踏み込んでカメを斬る。で、斬ったら血が吹き出すのではなく赤い霧がぶわっとあたりに広がり、慌てて【転移】。危ない危ない。

【鑑定】したら、オオタイマイの黒色魔物だって。絶滅危惧種じゃないですか！　この世界にはいっぱいいそうだけど！

赤い霧はやっぱり毒で、でも魚貝類には効かないらしい。海の底を漂って、貝や珊瑚《さんご》が吸収すると赤い色素を溜め込んで、真珠《しんじゅ》を赤く染めたり、美しい珊瑚を作り出したりする。特定の貝が取り込むと赤い染料を作り出す、という一文を読んで、慌てて赤い霧を【収納】する俺。

何も考えてなかったけど、【収納】できるんだ、気体。本体も【収納】してほっと一安心。肉は毒なんで食用にはならないそうだ。

他の巻き添え食らった魔物も【収納】、できなかった魔物は、まだ生きているのでトドメを刺して回って回収。ドン引きするほど死屍累々《ししるいるい》なんだが……。そういえば黒い魔物って氾濫の中心でしたね……。波立ってる海に黒い背が見えたりしてるのは、陸に上がってこられなかった皆さんかしら？

さて、目の前の水は海水で、どうやら入江か海峡っぽい。その辺の精霊に話を聞きつつ契約すると、地図が広がり対岸の一部が表示される。ギリギリ海峡のようだ。

このあたりにいる精霊は、海の泡の精霊や、海風の精霊、砂粒の精霊、囁《ささや》きの精霊、熱風の精霊、小波《さざなみ》の精霊、蒸気の精霊、湿った大気の精霊、雫《しずく》の精霊。

話を聞くと、対岸には大昔に栄えた大都市があったようだ。今は赤い砂漠に飲まれているという。赤は鉄分を含むからだろう。

ローブを被って日陰を作り、枝豆を食べながら情報収集と名付け。枝豆は塩を強めに振って、蒸し焼きにした。だいぶ地図が対岸に広がってきた。——って、さっきのカメ、魔法を使えば簡単に倒せたのではないだろうか……。いや、地図の端っこだったたし、魔法の威力は低かったはず、低かったはずだ！

魔法を使うような戦闘をしていないせいで、魔物と戦うことになってもとっさに出てこない。突起への対処もそうだけど、戦闘経験足りてないな俺。魔の森の安全な魔物としか戦ってないことが原因だろう。でも強くなるために命がけの戦闘経験を積むのもな……。

対岸の岩の上に【転移】。魔物が群れていなければ、どうやら海の色は綺麗。透明度が高くて、珊瑚礁《さんごしょう》があるのが目視できる。

気候は高温で乾燥している。ここの狭い海で生まれた蒸気の精霊は、湿った大気の精霊や熱風の精霊と混じって高山地帯まで移動して、早朝に活動的になる冷たい大気の精霊に吐息を吹きかけられ、アカシアや他の木々にくっついて雫の精霊を生じさせる。山岳地帯も雨は少ないけれど、早朝の霧で潤され、緑豊かな土地らしい。

ただ、平地は砂漠。エス川の西にある砂漠とはまた違うけど、移動が大変なのは変わらない。まあ、砂漠に突っ込んだり山岳地帯を歩くのはまたあとで。

海岸線に沿って歩き、家に戻ってごろごろし、【転移】して海岸をまた進み、戦闘をして、精霊に名付け、家に戻ってリシュと遊ぶ。強い日差しに焼かれたあと、リシュを抱きしめると冷やっとして気持ちいい。


カヌムのカード部屋、今日はカードゲームの約束の日。レッツェが早く顔を出したので、コーヒーを淹れている。お菓子は何がいいかな？　ガレットとショコラのサブレで行くか。

「お前、これ何だ？」

レッツェが机の上に出しておいた櫛《くし》を見て言う。

「鼈甲《べっこう》？　触っていいぞ」

櫛の歯は間隔が狭く細く、飾り彫りも綺麗にできた。繊細で壊れそうに見えるが、結構というかかなり丈夫。

なぜなら甲羅部分じゃなくって鼈甲みたいな魔石で作ったから。魔石の効果は、精神的な癒しと母性の目覚めだそうで、エスの街でも出産のお祝いとかで花の形に彫った飾り物を扱っていた。もっとも甲羅で作ったものが安く出回っていて、魔石で作ったものは滅多に市場に出ないのだそうだ。

鼈甲といえば櫛や簪《かんざし》、メガネのフレーム。簪やフレームはともかく、櫛は誰か使いそうだったので作ってみた。プラスチックみたいにすごく軽いし、身につけるにはいいのだろう。

「シヴァにあげようかと思ったけど、興味あるならレッツェいる？」

手に持った鼈甲細工の櫛を眺めて微妙な顔をしているレッツェ。俺が机に出していたのは、そのまま渡すのもなんなので、布かなんかに包もうとしていたからだ。

「シヴァに贈るのはやめとけ」

「ん？」

「こりゃ綺麗で見事な細工なんで言いづれぇんだけど、この辺に流れてくる鼈甲細工で有名なのは、金持ちが使う張り型だ」

「張り型？」

「男のナニを模したアレ」

「……」

そんなの頭に使ってたら変態じゃないですか‼　よかった、周りにシヴァとかアッシュがいなくって！！！！

「レッツェあげる」

始末に困るんで引き取ってください。

「いらん！」

「今なら精神的な癒しと母性の目覚めの他に、落ちてる金貨を見つけられる効果つき。正しくは金脈とか、金がある場所になんとなく目が行く、だけど」

「お前、こんな繊細な細工に鉱山師が喜ぶような効果つけてんじゃねぇよ！」

どうしたらいいのこれ！

「大体こんなものどこでもらってきたんだよ？　追加効果選んだのはお前か？」

「エスの方の海辺で、オオタイマイにがぼっと襲われて。そいつの魔石から俺が削り出した。効果は魔石の加工効果？」

作ったの自体俺です。

「お前は処理に困る情報を一度にぶっ込んでくんじゃねぇよ！」

頭を抱えるレッツェ。

「魔物を倒して魔石を加工するのは普通、普通」

「場所とこれを切り出せる魔石の大きさが異常、異常」

ほっぺたをむにっとされる俺。ひどい。

「もうちょっと隠せ。隠せと言うか、隠すべきものを自覚しろ」

レッツェ、柴犬じゃないからそれ以上ほっぺた伸びない！

「そうだな、ディノッツォにやれ」

ひとしきりぎゃあぎゃあと言い合ったあと、レッツェがため息をついて言う。

「ディノッツォに？」

何で？

「ディーンあたりでもいいが、あれに渡すと娼館のネェちゃんに貢《みつ》ぎそうだしな。――鼈甲細工の装飾品は、元気な子供をつつがなく産んで育てて欲しいってんで、男が奥さんか結婚予定の相手に贈ることもある。ただ、人に見せねぇもんだけどな」

どうすんだ、外で落ちてる金貨探すような効果つけて？　みたいな呆れた半眼で見られる。

エス、エスではそんなことなかったんですよ……！　普通にバザールで真昼間に並んでる商品ですよ！

ところ変われば文化も変わる。精霊が飛び交ってるせいで大きく変わるものは珍しいけど、ものの意味が微妙にずれている！

あとレッツェ、なんでそんなに詳しい？　贈ったことあるの？

あとがき

こんにちは、じゃがバターです。

転移したら山の中だった、山間……じゃない3巻をお送りいたします。読みやすくなっていると信じて！

今回は珍しくちょっと戦闘らしい戦闘シーンがあります。そして『棒』が正式に仲間に……。いや、棒のほかにもちゃんと人型の金銀の登場、順調にキャラクターが増えております。Ｗｅｂ版から読んでくださっている方はご存じかと思いますが、表紙にも登場の金銀コンビはこれからまた出てきます。彼らの不穏な活躍と、ジーンののほほんとした雰囲気とのギャップにもご期待ください。

今回も岩崎様に美しいイラストを描いていただきました。山の緑から海の青へ、あとがきを書いている現在、まだまだ寒い時期ですが、太陽の眩しい青い海のイラストを見て、南の島に一瞬逃避させていただきました。

表紙がこんなに美しいのに中身がこれで大丈夫かと、毎回恐る恐る反応をうかがっています。

さらに今回はジーンとアッシュのポストカードが初回配本限定特典として付いてくる！　珍しい（小説の挿絵では滅多にありませんよね？）ジーンとアッシュのアップに山（森）の香り付き。ジーンの家の山の中だろうか、カヌムの森だろうか……。入手できた方は、お好きな方を想像して嗅いでみてください。

あとがきに毎回何を書いていいのか迷うのですが、世の中なかなか不安定な状況の中、編集さんをはじめ、この本に関わってくださった方にお礼を申し上げます。

なにより書籍の形でご購入いただき、手元に置いてくださる読者の方に感謝を！

相変わらずジーンが気ままにあちこち出かけて好きなことをしているだけなのですが、この異世界をジーンと一緒にふらついて楽しんでもらえたら嬉しいです。

じゃがバター

２０２１年睦月吉日

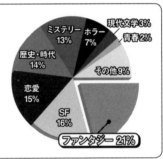

異世界に
転移したら山の中だった。
反動で強さよりも快適さを選びました。
1～3
著▲じゃがバター
イラスト▲岩崎美奈子
カクヨム
書籍化作品
「カクヨム」総合ランキング
年間1位
獲得の人気作
（2020/4/10時点）
2021年5月、
最新4巻発売予定！
「コミック アース・スター」で
コミカライズ企画
進行中！
勇者には極力
近づきません！
花火の場所取りをしている最中、突然、神による勇者召喚に巻き込まれ異世界に転移してしまった迅。
巻き込まれた代償として、神から複数のチートスキルと家などのアイテムをもらう。
目指すは、一緒に召喚された姉（勇者）とかかわることなく、安全で快適な生活を送ること。
果たして迅は、精霊や魔物が跋扈する異世界で快適な生活を満喫できるのか——。
精霊たちとまったり生活を満喫する異世界ファンタジー、開幕！
本体価格1,200円＋税
ISBN978-4-8156-0573-5
「カクヨム」は株式会社KADOKAWAの登録商標です。
ツギクルブックス
https://books.tugikuru.jp/

2021年4月、最新7巻発売予定！
もふもふを知らなかったら人生の半分は無駄にしていた
1～6
著／ひつじのはね
イラスト／戸部淑
冒険あり、癒しあり、笑いあり、涙あり
もふもふたちに囲まれた異世界スローライフ！
第7回ネット小説大賞受賞作！
KADOKAWA「ComicWalker」でコミカライズ好評連載中！
魂の修復のために異世界に転生したユータ。
異世界で再スタートすると、ユータの素直で可愛らしい様子に
周りの大人たちはメロメロ。
おまけに妖精たちがやってきて、魔法を教えてもらえることに。
いろんなチートを身につけて、
目指せ最強への道？？
いえいえ、目指すはもふもふたちと過ごす、
穏やかで厳しい田舎ライフです！
転生少年ともふもふが織りなす
異世界ファンタジー、開幕！
本体価格1,200円＋税
ISBN978-4-8156-0334-2
ツギクルブックス
https://books.tugikuru.jp/

転生したけどチート能力を使わないで生きてみる
著 大邦将人
イラスト 碧 風羽
チート能力やるから使えよって、
そんなうまい話にのるかっ!
双葉社でコミカライズ決定!
神様からチート能力を授かった状態で大貴族の三男に異世界転生したアルフレードは、
ここが異世界転生した人物（使徒）を徹底的に利用しつくす世界だと気づく。
世の中に利用されることを回避したいアルフレードは、
チート能力があることを隠して生活していくことを決意。
使徒認定試験も無事クリア（落ちた）し、使徒巡礼の旅に出ると、
そこでこの世界の仕組みや使途に関する謎が徐々に明らかになっていく――。
テンプレ無視の異世界ファンタジー、ここに開幕!
本体価格1,200円＋税
ISBN978-4-8156-0693-0
ツギクルブックス
https://books.tugikuru.jp/

追放悪役令嬢の旦那様
著／古森きり
イラスト／ゆき哉
1~2
マンガPark
「マンガPark」（白泉社）で
©HAKUSENSHA
コミカライズ
好評連載中！
謎持ち悪役令嬢
第4回ツギクル小説大賞
大賞受賞作
規格外の旦那様と辺境ライフはじめます!!!
卒業パーティーで王太子アレファルドは、
自身の婚約者であるエラーナを突き飛ばす。
その場で婚約破棄された彼女へ手を差し伸べたのが運の尽き。
翌日には彼女と共に国外追放＆諸事情により交際0日結婚。
追放先の隣国で、のんびり牧場スローライフ！
……と、思ったけれど、どうやら彼女はちょっと変わった裏事情持ちらしい。
これは、そんな彼女の夫になった、ちょっと不運で最高に幸福な俺の話。
本体価格1,200円＋税　ISBN978-4-8156-0356-4
ツギクルブックス
https://books.tugikuru.jp/

ツギクルブックス
創刊記念大賞
大賞受賞作！
カット＆ペーストでこの世界を生きていく
「ヤングジャンプコミックス」より
コミック単行本
発売中！
著／咲夜
イラスト／PiNe《パイネ》　乾和音　茶餅　オウカ
最強スキルを手に入れた少年の
苦悩と喜びを綴った
本格ファンタジー
1～6
成人を迎えると神様からスキルと呼ばれる
技能を得られる世界。
15歳を迎えて成人したマインは、「カット＆ペースト」
と「鑑定・全」という2つのスキルを授かった。
一見使い物にならないと思えた「カット＆ペースト」が、
使い方しだいで無敵のスキルになることが判明。
チートすぎるスキルを周りに隠して生活する
マインのもとに王女様がやって来て、
事態はあらぬ方向に進んでいく。
スキル「カット＆ペースト」で成し遂げる
英雄伝説、いま開幕！
本体価格1,200円＋税　ISBN978-4-7973-9201-2
ツギクルブックス
https://books.tugikuru.jp/

聖女にしか育てられない『乙女の百合』を見事咲かせたエルヴィラに対して、若き王、アレキサンデルは突然、「お前が育てていた『乙女の百合』は偽物だった！　この偽聖女め！」と言い放つ。同時に婚約破棄が言い渡され、新しい聖女の補佐を命ぜられた。
偽聖女として飼い殺しにされるのは、まっぴらごめん。
隣国の皇太子に誘われて、エルヴィラは国外に逃亡することを決意。
一方、エルヴィラがいなくなった国内では、次々と災害が起こり――

逃亡した聖女と恋愛奥手な皇太子による異世界隣国ロマンスが、今はじまる！

本体価格1,200円＋税　ISBN978-4-8156-0692-3

ツギクルブックス　https://books.tugikuru.jp/

ツギクルブックス

愛読者アンケートに回答してカバーイラストをダウンロード！


愛読者アンケートや本書に関するご意見、じゃがバター先生、岩崎美奈子先生へのファンレターは、下記のURLまたは右のQRコードよりアクセスしてください。

アンケートにご回答いただくとカバーイラストの画像データがダウンロードできますので、壁紙などでご使用ください。

https://books.tugikuru.jp/q/202102/yamanonaka3.html

本書は、カクヨムに掲載された「転移したら山の中だった。反動で強さよりも快適さを選びました。」を加筆修正したものです。

異世界《いせかい》に転移《てんい》したら山《やま》の中《なか》だった。反動《はんどう》で強《つよ》さよりも快適《かいてき》さを選《えら》びました。3

2021年2月25日　初版第1刷発行

著者　じゃがバター

発行人　宇草 亮
発行所　ツギクル株式会社
〒106-0032　東京都港区六本木2-4-5
TEL 03-5549-1184
発売元　SBクリエイティブ株式会社
〒106-0032　東京都港区六本木2-4-5
TEL 03-5549-1201

イラスト　岩崎美奈子
装丁　株式会社エストール

印刷・製本　中央精版印刷株式会社

ISBN978-4-8156-0694-7
Printed in Japan